AF422927

GIRO EN SAINT TROPEZ

TWIST À SAINT TROPEZ

RIVIERA SECURITY
LIBRO 3

TAMARA BALLIANA

OLIVIA RIGAL

ISBN: 979-10-96949-50-2

Copyright © 2020 por Tamara Balliana y Olivia Rigal

Reservados todos los derechos de reproducción, adaptación y traducción total o parcial, en cualquier país.

Las autoras son las únicas titulares de los derechos y responsables del contenido de este libro.

Traducción del francés: Elizabeth Garay garayliz@gmail.com

1
——————

Observo los últimos rayos de sol iluminar el Mediterráneo y suspiro. Pensar que en unos días todo esto se acabará. Regresaré a Estados Unidos y retomaré mi vida más o menos donde la dejé.

Nada habrá cambiado allí, estoy segura. Ni la casa suburbana que comparto con Ken, ni los cercanos bares de mala muerte, y mucho menos la gente que los frecuenta.

Pero he cambiado.

No soy tan ingenua como hace unas semanas, cuando me dejé engañar por ese bastardo de Arkady. Aprendí de mis errores, ahora sé que el Príncipe Azul no existe. Al menos debemos tener cuidado con lo que es demasiado bueno para ser verdad.

En los últimos días, puede que no haya tenido ninguna revelación sobre lo que quiero hacer con mi futuro, pero una cosa es segura, no me imagino terminar mi vida en Monterey compartiendo habitación con mi hermano. Y, de todos modos, tampoco está en sus planes, por lo que tengo entendido.

Así que, no me echó estrictamente hablando, pero

primero me dijo que Élodie iba a venir a pasar un tiempo en los Estados Unidos, y luego planeaban mudarse a Mónaco para trabajar con Ted.

Básicamente, seré el mal tercio todo el verano y luego me echarán cuando abandonen el continente americano.

No quiero amargarle la vida a mi hermano. Estoy muy consciente de que pasó todos estos años cuidándome y que dejó de lado su propia vida. Él también tiene derecho a la felicidad y Élodie parece una ser una chica fantástica. Pero no me deja muchas opciones, yo también tendré que tomar decisiones.

La vieja Madison habría esperado hasta estar contra la pared para encontrar una solución. Pero la nueva Madison se hará cargo de su vida. ¡Y para ello tiene una idea!

Una idea de un metro ochenta de altura, con unos bíceps tatuados del tamaño de mis muslos y unos abdominales sobre los que ruedan gotas de agua que podría verme lamiendo con la punta de la lengua...

Ted Carter.

Un amigo de mi hermano con quien estuvo en el ejército y que acaba de salir de la piscina.

Hacía años que no lo veía y podemos decir que fueron muy generosos con él. Es incluso más grande y sexy de lo que recuerdo.

Yo también soy muy diferente a la última vez que me vio. Ya no soy la adolescente que tiene problemas para controlar el rizado de su cabello, con piel grasa y formas inexistentes. No diría que me he convertido en una bomba sensual, pero sé que estoy lejos de ser fea.

En nuestra casa, podría haber tenido a cualquier chico siempre que quisiera. Pero ahí está, no me gustan los perdedores y no siento que me haya encontrado con nada más que eso.

Excepto Ted.

Ted, quien aparentemente no recibió el memorando de que me convertí en mujer.

Ted, que se preocupa lo suficiente por mí como para quedarse despierto toda la noche en el hospital y llamarme todos los días para ver cómo estaba cuando se encontraban en Italia. Pero que nunca mira a otro lado que no sea a mis ojos.

Ted, secándose el pecho y de repente haciéndome querer ser una toalla de felpa.

Toma su teléfono y frunce el ceño. Luego lo golpea y lo vuelve a colocar sobre la mesa. Finalmente se gira hacia la piscina para observar, con una sonrisa en el rostro, a Ken y Jimmy que están haciendo travesuras en el agua.

Quizás ahora sea el momento de actuar. Por primera vez no está ocupado o no parece tener la mente en otra parte.

Me levanto de mi tumbona, me quito el pareo y camino con paso vacilante en dirección al misterioso detective. Sé que mi bikini rojo me hace parecer apasionante. Me echo el cabello castaño detrás de los hombros y coloco una sonrisa seductora en mis labios.

Desafortunadamente, solo cuando estoy parada directamente frente a él, Ted nota mi presencia.

«Hola Mad, ¿quieres limonada?», dice, señalando la bandeja cercana en la que hay vasos y una jarra.

¡¿Por qué no un poco de pasión mientras estamos en eso?!

«Em... sí», finalmente acepto, diciéndome a mí misma que, después de todo, es mejor que no muera de deshidratación mientras trato de llamar su atención.

Sirve dos vasos y me entrega uno.

«Gracias».

Él responde con un pequeño movimiento de cabeza y como siento que el momento puede pasar, sigo adelante.

«Ted, tuve una idea y quería hablarte de ella…».

«¿Sí?».

Esta vez sus ojos azules están enfocados en mí. Tengo toda su atención.

«Sobre que… Ken y Élodie van a regresar a Estados Unidos y… me gustaría darles un poco de espacio. Mira, van a necesitar disfrutarse y…. no es que tenga planes para este verano. Entonces, pensé un poco y me dije que tal vez podría quedarme aquí, en la Costa».

«¿Quieres pasar aquí tus vacaciones de verano?».

«Sí, pero no…».

Madison, ¡es hora de demostrarle que eres una adulta con la cabeza bien puesta sobre los hombros!

«No, ¡no quiero quedarme aquí solo para festejar! Y no pienso vivir a costa de nadie. Creo que sería bueno si consigo un empleo».

Él asiente como si la idea le pareciera interesante, así que motivada por esta especie de aprobación, continúo.

«¿Pensé que podrías necesitar ayuda en Mónaco?».

Él frunce el ceño.

«No tengo formación como Élodie o como mi hermano. Pero tienes mucha gente trabajando para ti en la oficina. Quién hace… no sé… tus papeles… tu café», dije con una risa nerviosa.

Su expresión es indescifrable. No sé si piensa que lo que acabo de decir es completamente estúpido o si está pensando en ello. Retuerzo mis dedos entre ellos e intento un último argumento para convencerlo.

«Soy lista. Bastante buena con las computadoras, e incluso llevé contabilidad en la universidad, así que tal vez podría…». Y me interrumpe.

«Sí, sí», dijo, asintiendo, «tal vez tenga algo para ti».

«¿En verdad?», pregunto con una sonrisa que llegó hasta mis oídos.

«Sí, y el trabajo incluye un pequeño apartamento para el personal. No es muy grande, pero te daría un lugar donde quedarte durante el verano, o más si decides quedarte con nosotros después».

Me pregunto dónde se encontrará este famoso apartamento. Quizás incluso en la torre donde vive Ted y donde tiene sus oficinas. Sé que tiene varios, de hecho, nos instaló allí con Andrea, mientras todos se encontraban en Italia. No me importa si los lugares son pequeños, si todo sale según lo planeado, solo me tomará unos días seducirlo y luego pasaré mis noches en su casa. Además, no puede ser más pequeña que mi habitación en casa de Ken.

«Gracias, Ted, ¡súper!».

Le salto al cuello y supongo que lo sorprendo, porque sigue rígido como un poste. Termina acariciando mi espalda desnuda con torpeza. Quiero abrazarlo un poco más fuerte, pero él rápidamente se aleja. Hay que decir que la presencia de mi hiperprotector hermano mayor a solo unos metros de distancia no debe ayudar.

«Ni siquiera te dije cuál es el puesto», se ríe.

«¡Estoy segura de que será genial!».

«No sé si *genial* sea el adjetivo. Pero si tienes la dedicación, podría ser interesante. Y así podrás disfrutar del verano en Saint-Tropez. Vas a poner celosos a todos tus amigos».

Mi sonrisa se desvanece.

«¿En Saint Tropez? ¿El puesto no está en Mónaco contigo?».

Él niega con la cabeza.

«No, aquí todo el equipo está completo. Pero allá estamos en plena expansión. Y estoy seguro de que estarán muy felices de tenerte».

Se da vuelta y llama a Andrea.

«¡Oye, Andrea!».

Mi guardaespaldas, o debería decir mi guardia de prisión, de los últimos días está instalado bajo una sombrilla, con el pie todavía enyesado estirado frente a él. Él vuelve la cabeza.

«¿Sí, jefe?».

«Tú que sigues diciéndome que no puedes contratar un nuevo asistente, he resuelto tu problema».

«Ah ¿sí?».

Parece realmente feliz, el pobre, igual que yo hace dos minutos.

«Sí», continúa Ted. «Está justo en frente de ti. Madison tomará el empleo el lunes.

La sonrisa de Andrea flaquea y no me lo pierdo. Lo miro fijamente y él entrecierra los ojos en respuesta. *Ya veremos.*

«Se supone que tendré entrevistas la próxima semana...», comienza Andrea.

«Cancélalas, esto te ahorrará tiempo».

«Está bien, jefe», dice, sin parecer contento con la situación.

«Y se mudará al estudio vacío. De esa manera, podrá ir a rascarte la pierna cuando no puedas hacerlo tú mismo», Ted se ríe y agrega dirigiéndose a mí, «Andrea vive en el mismo piso. Como ya han convivido durante los últimos días, se les facilitarán muchas cosas».

Me da una palmadita en el hombro como si fuera una niña buena.

«Ya verás, pasarás un gran verano en Saint-Tropez, Mad».

No estoy muy segura...

2

ANDREA

poyado en una muleta, me coloco frente al escáner de retina en la sala de operaciones de *Riviera Security*. El pequeño LED verde se enciende y suspiro de alivio. Al menos Ted no pidió suspender mi acceso. Giro la manija y empujo la puerta para abrirla.

Antes de que tenga tiempo de cruzar el umbral, Nathan me pregunta.

«Pero, ¿qué haces aquí?».

A pesar de estar de espaldas a la entrada y no haber apartado la vista de su pantalla.

«¿Cómo supiste que era yo?», le pregunto.

Ignora mi pregunta y grita al aire: «¡Madison ganó!».

«¿Qué ganó?», pregunto.

«Creo que cien euros», responde Nathan con buen humor. «Todos apostamos por la fecha de tu regreso».

Me gustaría encogerme de hombros, pero con muletas no es posible. Incluso el médico que me ordenó la baja nunca creyó que permanecería fuera de la oficina durante tanto tiempo.

La única razón por la que he seguido supervisando nuestros asuntos de forma remota desde el accidente es porque mi jefe asustó muchísimo a todos los taxistas y conductores de Uber de la zona.

Incluso en Saint-Tropez, Ted Carter impone su ley.

Me podían llevar a mis citas médicas en el Hospital Central, pero por lo demás tenía que valerme por mi cuenta. Bueno, no para las compras. Ted también se encargó de organizar los suministros. Creo que con la ayuda de Nathan. Sin él, ¿cómo habría logrado duplicar mis pedidos habituales?

«Cuáles son las novedades del día?» pregunto, entrando a mi oficina.

«Nada en particular. El equipo técnico salió para instalar dos sistemas de vigilancia en nuevos clientes de la bahía». Nathan mira su reloj. «No deberían tardar mucho», añade.

«En realidad, estos robos son bastante buenos para nuestro negocio, ¿verdad?», pregunta Madison, quien se ha unido a nosotros con café en mano.

Con cualquier otro pasante, el uso de la primera persona del plural me habría divertido. Lo habría tomado como una señal de compromiso personal con la empresa. Una manera de decirme, "quiero quedarme en *Riviera Security*". Pero, viniendo de Madison, me exaspera.

«¡Desde el inicio de la ola de robos, no hemos parado!», exclama con tanto entusiasmo como si fuera ella quien negociara los contratos, cuando en realidad solo pasan por sus manos cuando necesitamos que haga copias de ellos.

Hacer copias, servir café y contestar el teléfono.

Eso es todo lo que permito que haga.

Creo que Ted hizo un trato con Ken. Accedió a apoyar a la chica a hacer prácticas, solo para demostrarle que sería mejor continuar sus estudios que entrar en el mundo laboral sin ningún título.

Esa era la teoría.

La práctica resultó muy diferente.

De hecho, todo el equipo vio que ella era inteligente. Entonces aprovecharon mi ausencia para ignorar las indicaciones y descargarle parte de su trabajo. No puedo culparlos, porque incluso antes de mi accidente, no éramos suficientes en la agencia.

Pero todo eso va a cambiar, esta tarde tengo una reunión con una joven que acaba de graduarse como detective privada. Su anterior maestra de prácticas me dijo que ella era una de las alumnas más prometedoras que había tenido en los últimos años. Esta entrevista es solo una formalidad. Ya he pedido a la oficina de Mónaco que me preparen el contrato, si dice que sí, empezará mañana por la mañana. Para ponerla a prueba, tengo mi propio método. Dentro de una semana sabré exactamente de lo que es capaz de aguantar.

«Podemos verlo así», responde Nathan. «Mientras no se produzcan robos en las villas que vigilamos, es cierto que es bueno para la empresa, pero...».

«¡Sin "peros"!».

Lo interrumpo golpeando la mesa con el puño.

Es mi manera de tocar madera y protegerme del destino. ¿Cuándo entenderán que es inútil hablar de desgracias?

Contamos con técnicos destacados y equipos de última generación, por lo que no hay motivo para que nuestros clientes sean robados.

Solo que el problema es que nuestros competidores también son auténticos profesionales y que esta serie de robos empezó sin que nadie supiera cómo.

Nathan logró conseguirnos los informes de la policía y de los investigadores de las compañías de seguros. Es como golpearse la cabeza contra las paredes.

Lo peor es que, como sus aseguradoras se niegan a reembolsar lo robado, ya que los ladrones entraron en los lugares sin forzar las entradas, los clientes están demandando a sus empresas de seguridad.

«Y no, Madison, ¡no hay nada bueno en esta historia!».

Ella se sobresalta y casi derrama el café que estaba a punto de poner sobre mi escritorio. Nathan me mira con desaprobación, como si acabara de patear a su cachorro. Entonces, suavizo mi tono.

«¿Es para mí?», pregunto.

Ella asiente con la cabeza y recita, «Doble, bien cargado, dos de azúcar, sin leche, ni crema».

«Gracias», digo, mientras me acerca la taza.

«De nada», responde ella. «Es mi trabajo, después de todo».

Curiosamente, no hay resentimiento en su voz. En realidad, no era un reproche, sino una simple observación.

Abre la boca como si fuera a preguntar algo, luego la cierra con expresión resignada.

«¿Tienes una pregunta?», le dice Nathan.

Ella asiente, pero permanece en silencio.

«Entonces, hazla», le dice. «La regla aquí es que no hay preguntas estúpidas. Todas las sugerencias o propuestas son bienvenidas, incluso si no las aceptamos. Así es el trabajo en equipo».

Madison me mira inquisitivamente como para confirmar que tiene derecho a hablar.

«Te escuchamos», le digo.

«Bueno, me gustaría entender... ¿por qué no es bueno para nosotros recuperar los clientes de nuestros competidores?».

«Porque esas personas que ahora recurren a nosotros no tienen ninguna lealtad. Solo hay uno entre todos ellos que no empezó de manera acusatoria. Solo uno que, inicialmente, intentó trabajar mano a mano con su proveedor de servicios para intentar entender cómo había sucedido. Para todos los demás, su primera reacción fue culpar a la empresa de seguridad por haberlos vendido y ponerles una demanda. Por lo que clientes así están lejos de ser ideales en absoluto».

Madison asiente lentamente como si procesara lo que acabo de decir.

«Ahora entiendo. Gracias por tomarte el tiempo de explicármelo», dice antes de girar sobre sus talones y salir de la habitación.

Nathan me fulmina con la mirada y cierra la puerta un poco bruscamente.

¡Vaya, este es el comienzo de un buen regreso!

3

MADISON

Me dirijo a mi oficina ubicada en la recepción.

Al menos tengo la oportunidad de trabajar en un espacio luminoso, a diferencia de los chicos de la sala de operaciones. Ellos ocupan una habitación sin ventanas que, con todas estas pantallas, parece sacada de una película de ciencia ficción.

Me deslizo en mi silla ergonómica y vuelvo a colocarme el auricular en mi cabeza que me permite contestar el teléfono. Aquí todo es nuevo y de última generación. Necesitamos que los clientes adinerados que entren por la puerta se sientan seguros y, sobre todo, que tengan la impresión de que estamos a la altura de sus expectativas. Sin embargo, no sé quién fue el responsable de la decoración; este ambiente es demasiado aséptico para mi gusto. Es por eso que yo, digamos… le he dado mi pequeño toque personal.

«No le hagas caso a su mal humor», dice Nathan, quien me siguió sin que yo me diera cuenta. «Normalmente es un tipo bastante genial. Supongo que estar inmovilizado durante tanto tiempo le está afectando».

«Lamento contradecir tu teoría, pero no estoy convencida de que su actitud esté relacionada con su lesión. Ya era así antes del accidente automovilístico. Es solo una verdad, él y yo en la misma habitación, rara vez son buenas noticias».

Mi colega me mira fijamente a través de sus gafas con armazón de carey. Adopta esta misma expresión que cuando se enfrenta a un problema que desea analizar. Y lo odio, siento que está tratando de leer lo más profundo de mi alma.

«Deja de intentar descifrar el problema. Hay personas que no están hechas para llevarse bien, así son las cosas. Después de todo, ambos somos adultos y nos esforzaremos, al menos en el trabajo».

Nathan parece escéptico y, cuando está a punto de decir algo, lo interrumpo cambiando completamente de tema.

«¿Salimos esta noche? Me gustaría probar ese bar cerca del puerto, me dijeron que temprano en la noche tienen la *"Hora Feliz"*. Si el ambiente es agradable, podemos quedar un rato allí y ya veremos qué más después».

Nathan hace una mueca.

«Tengo un montón de cosas que terminar...».

Pero se detiene cuando ve mi mirada.

«De ninguna manera pasarás la noche aquí», digo en un tono que indica que no toleraré objeciones.

Nathan es un tipo encantador, pero demasiado involucrado en su trabajo para su propio bien. Es el estereotipo mismo del *geek*: gafas con montura de carey, camisa a cuadros de gusto cuestionable, bermudas y chanclas. Nada le apasiona más que sus juguetes electrónicos. Uno podría pensar que cuando logra alejarse de su computadora, es muy aburrido, pero en realidad tiene un sólido sentido del humor y es bastante buena compañía. De hecho, afortunadamente está aquí. Llevo apenas unas semanas en Saint-Tropez y no conozco a mucha gente, aparte de mis compañeros de trabajo.

Adopta una expresión divertida y levanta las manos frente a él en señal de rendición.

«De acuerdo, de acuerdo, tú ganas, esta noche salgo contigo».

Respondo con mi sonrisa más hermosa y encantadora. Es casi un juego entre nosotros. Está bastante claro que no nos interesamos el uno por el otro de otra manera. Él no es mi tipo en absoluto, y tampoco creo que yo sea el de él.

«¿Nos encontramos en mi casa alrededor de las 7 p. m.? ¿Te parece?»

Pero cuando está a punto de responderme, una voz nos interrumpe, «Nathan, necesito los informes de incidentes de la semana pasada».

Ambos volvemos la cabeza, pero sabemos muy bien quién acaba de dar esa orden, en un tono más que glacial: Andrea.

«Te los envié por correo electrónico el lunes», anuncia Nathan.

«Los necesito en papel», responde.

Y añade, creyendo ciertamente que mi colega no corre lo suficientemente rápido hacia su oficina, «¡Los necesito para ayer!».

Nathan huye y nuestro superior ahora centra su atención en mí.

«¿Adónde van a ir a las 7 de la noche?», me pregunta.

«Eso no es asunto tuyo», respondo sin siquiera mirarlo.

Prefiero fingir que estoy absorta leyendo los correos electrónicos que llegan a través del formulario de contacto del sitio de *Riviera Security*. Pero él insiste. «Es asunto mío si lo discutes durante el horario laboral».

Pongo los ojos en blanco.

«¡Ay, por favor! ¿Va a ser así ahora que estás de vuelta en la oficina? ¿Vas a espiar cada uno de mis movimientos para encontrar una razón que demuestre que estoy haciendo mal mi trabajo y poder despedirme?».

No me responde de inmediato; camina, apoyado en su muleta, hacia los sofás que forman una zona de espera frente a mi oficina. Le quitaron el yeso, pero su pierna no está del todo recuperada, y supongo que tampoco sus costillas. Se deja caer en uno de ellos y luego vuelve su mirada con furia hacia mí.

«Lo siento, pero no tengo ese poder. El único que puede despedirte es Ted. De hecho, ha sido muy claro al respecto», añade con un suspiro.

Siento que está molesto por esta situación. Incluso si Ted es su jefe, Andrea dirige la sucursal de *Riviera Security* en Saint-Tropez y es él, normalmente, quien decide con quién quiere trabajar. Cuando le pedí a Ted trabajo para el verano, pensé que me iba a asignar un puesto en la sede de Mónaco, junto a él. Ese era, de hecho, el plan de pasar el verano con Ted. Pero el exsoldado y amigo de mi hermano no entendió el mensaje. Y en cambio, no encontró nada mejor que ofrecerme trabajar para Andrea. Andrea a quien odié desde el primer momento en que lo conocí. Y no tengo ningún remordimiento por sentir tal sentimiento hacia él, porque lo recíproco es igual de justo.

Para Andrea, siempre he sido un lastre. Primero, tuvo que ir a rescatarme. Luego, mientras Ted, Ken, Jimmy y Élodie estaban en una misión en Italia para buscar a Tiffany, a él le asignaron la tarea de cuidar de mí. Sé que lo tomó como un castigo, y tal vez lo fuera, ya que Élodie recibió un disparo por su culpa. Y cuando finalmente fue liberado de su rol de carcelero, se produjo un accidente del que escapó con una pierna y una costilla rotas. No fue en absoluto culpa mía, pero como tuve que actuar como enfermera durante los primeros días de su convalecencia, fui yo la castigada. Y ahora, Ted me ha dejado aquí todo el verano, trabajando para él, en un apartamento para el personal que está en el mismo piso que el de Andrea.

Afortunadamente, desde que trabajo oficialmente aquí, ya no tengo que ocuparme de mi vecino gruñón. De cualquier manera, me dejó claro que era capaz de cuidarse solo. Bueno, completamente solo... si creo en el desfile de chicas que hay cada noche en su casa, el señor está lejos de ser tan independiente como quiere hacer creer. Hace dos días conocí me crucé con una que apareció con un plato de lasaña.

Patético.

El tipo ni siquiera puede prepararse la comida.

No quiero saber qué les promete a cambio. Supongo que es su atractivo físico al estilo italiano lo que las seduce. Al verlo ahora mismo, sentado con indiferencia en el sofá, con su pelo negro recogido hacia atrás, su impecable camisa blanca con el cuello abierto que deja ver su piel bronceada, sus pantalones con pinzas y sus zapatos lustrados a la perfección, uno podría creer que se espera que vaya a almorzar en un yate del viejo puerto.

No me gusta en absoluto.

Prefiero los hombres que son un poco más rudos. Aquellos con hombros fuertes, que parecen duros, pero con corazón de oro. Chicos como mi hermano... o como Ted.

Ted.

Casi suspiro pensando en él. No lo había visto en varios años, no desde que dejó los Estados Unidos. Pero solo hizo falta una mirada para que mi enamoramiento adolescente volviera por completo. Con su actitud ligeramente misteriosa, sus tatuajes de chico malo y sus ojos azules en los que sueño con ahogarme, representa una especie de ideal masculino.

Pero ni una sola vez me ha dado una pista que pueda hacerme creer que correspondo a su ideal femenino. Y esta observación me molesta más que nada. Peor aún, a veces tengo la impresión de que le gusta jugar a ser hermano mayor conmigo. Pero como le dije, ya tengo un hermano mayor, o incluso dos, si contamos a Jimmy que siempre ha estado muy presente. Eso es más que suficiente.

«¿Madison?».

La voz exasperante de Andrea me arranca de mi ensoñación.

«¿Sí, jefe?», respondo con un tono meloso que solo agrava su ceño fruncido.

Debería dejar de actuar así, de lo contrario envejecerá antes de tiempo.

«¿Qué son esas cosas?», pregunta, señalando las plantas verdes que he colocado en mi escritorio y en la esquina de la habitación.

Pongo una sonrisa en mis labios y respondo, «Este es un ficus y aquella es una orquídea. Ya sabes, este es el tipo de cosas que pones en una habitación para hacerla un poco más acogedora».

Creo que tengo la respuesta a la pregunta anterior. Debe haber sido él quien se encargó de la decoración, el lugar es tan frío como su corazón.

Está a punto de responder, pero somos interrumpidos por la apertura de la puerta.

Entra una mujer de mi edad. Pantalón negro, blusa blanca; aparte de sus tacones de al menos 12 cm, su atuendo es muy clásico. Sin embargo, estoy segura de que es el tipo de mujer en la que todas las miradas están puestas. Con su larga melena asiática de ébano, su piel perfecta y sus ojos almendrados, es hermosa. Y parece muy segura mientras camina hacia mí.

A su lado, me siento como una adolescente retrasada con mi esmalte de uñas rosa fucsia, mis Converse de lentejuelas y mi vestido colorido.

«Buenos días, soy Mai Lan Duong, tengo una cita con…

«Conmigo», interrumpe Andrea, que se ha levantado de un salto como si hubiera recuperado todas sus habilidades.

Ella se da vuelta y le da una sonrisa sincera.

Él le estrecha la mano con entusiasmo.

Ya la odio.

«Soy Andrea Bianchi, jefe de *Riviera Security Saint-Tropez*», explica. «Pasemos a mi oficina. Por favor», dice él, señalándole la dirección.

Creo que se van a ir sin mirarme, pero Andrea me dice, «Madison, tráenos café y agua».

«*Por favor*», murmuro para mis adentros.

Pero debí haber hablado demasiado alto, porque se detiene y pregunta, «¿Disculpa?».

«No tengo nada en contra de que me des órdenes, pero un poco de cortesía no hace daño a nadie».

Está a punto de responder, pero está consciente de que su cita lo espera y, sobre todo, que está presenciando nuestro intercambio. Así que mantiene la boca cerrada, gira sobre sus talones y se aleja con ella.

4

ANDREA

Mai Lan Duong, veinticinco años, licencia profesional de "agente privado de investigación" de la Universidad de Nimes, y una recomendación tan entusiasta que me tomé la molestia de llamar a su autor para comprobar que no estaba siendo algo falso. El trabajo te hace desconfiar.

«Adelante, señorita Duong», le digo, abriéndole la puerta.

«Mai Lan, prefiero», responde, tomando asiento en uno de los dos sillones frente a mi escritorio.

Cojeando, me siento frente a ella en un segundo.

Un ligero asentimiento de su parte y entiendo que ella aprecia el gesto.

Es una cuestión de respeto.

Si ella va a convertirse en mi colega, quiero enviarle el mensaje desde el principio; no soy el tipo de jefe que actúa con autoridad solo para recordarle a la gente quién es el jefe.

Por supuesto, a veces golpeo la mesa con el puño, pero solo cuando es imprescindible. La mayoría de las veces estamos todos en igualdad de condiciones y organizo rotaciones para que cada empleado de la oficina pueda tomar un turno para asumir el rol de líder del equipo.

«Gracias por tomarte el tiempo de recibirme», me dice.

El tono es sincero, la mirada franca, directamente a mis ojos, como si realmente quisiera que la leyera como un libro abierto.

«Somos nosotros quienes tenemos la fortuna de conocerte. El ganador de la promoción siempre tiene mucho donde elegir, y con notas como las tuyas, no tengo ninguna duda de que ya habrás recibido varias ofertas».

«Efectivamente», admite. «Pero aún no he tomado una decisión. Informé a las otras agencias que retendría mi respuesta durante tres semanas».

Tres semanas es el tiempo que ha pasado desde el día que recibí su CV.

«¿No temías que se impacientaran y decidieran contratar a otra persona en tu lugar?».

Mai Lan niega con la cabeza, sonriendo. Confiada, pero no arrogante.

«Hay que saber correr riesgos», dice. «Especialmente cuando el juego vale la pena».

«Eso es muy halagador, pero dime, ¿por qué te gustaría unirte al equipo de *Riviera Security*?», le pregunto.

Por primera vez, ella mira hacia otro lado. Está claro, ella duda.

«No quiero escuchar la típica perorata sobre que somos la agencia más prestigiosa que existe. No es mentira, pero tenemos serios competidores que pagan tan bien como nosotros», le digo.

«No es solo una cuestión de dinero», afirma.

Se endereza y se sienta un poco más erguida cuando vuelve a verme a los ojos.

«Es sobre todo una cuestión de personalidad», me dice.

Bien, puedo entenderlo y sé que la reputación de Ted está bien establecida. Suscita la admiración, además de los celos, de toda la profesión. La agencia se está expandiendo internacionalmente. Nuestro crecimiento es tan rápido que da lugar a las especulaciones más descabelladas. Una de mis hermanas incluso me preguntó si yo era agente de la CIA. Había oído el rumor de que *Riviera Security* era una especie de brazo armado de la CIA para el sur de Europa.

La gente tiene curiosidad, ¿no?...

O tal vez no, no podemos culparlos por hacer preguntas sobre la eficiencia de Ted.

«Quiero trabajar contigo», dice sin bajar la mirada.

¿Conmigo?

No estaba esperando eso, ¡para nada!

Con un movimiento de mi mano la invito a que se explique.

«¿Conoces la expresión "si eres la persona más inteligente o más calificada de la sala, estás en el lugar equivocado"?».

No puedo evitar reírme, porque reconozco que este es el mantra favorito de uno de mis profesores universitarios. Para él, la vida era solo una larga búsqueda de conocimiento que debía terminar lo más pronto posible en la tumba, o a más tardar si había otra vida después de la muerte.

«Bueno, durante toda mi estancia en la universidad fui la primera de mi clase, pero cada vez que el profesor me felicitaba, me comparaba con un exalumno que había conocido allí hace unos años. Un exalumno que lo había hecho mejor que yo. Como puedes imaginar, nadie quiso darme su nombre», ella suspira y añade, «creo que fue otra manera de ponerme a prueba».

Y dada la personalidad que veo surgir frente a mí, ella necesariamente ha decidido aceptar el desafío.

«¿Has realizado tu investigación?».

«Sí, así es. La cual me llevó hasta ti y por eso estoy aquí. Sé que esto puede sonar pretencioso, pero bueno, lo voy a decir de todos modos, ya no quiero ser la más calificada de la sala. Quiero aprender. Aprender contigo y también con Ted Carter, por supuesto».

«Ya veo».

Bueno, es una forma de hablar, porque en realidad ya no sé qué pensar. Antes de que ella llegara, pensaba que contratarla era un trato hecho, pero ahora tengo mis dudas.

Sobre el papel ella era perfecta.

En persona, ella también lo es...

Demasiado bonita, en un trabajo en el que a menudo tienes que mezclarte entre la multitud para pasar desapercibida.

Demasiado apasionada, mientras que en nuestra profesión la capacidad de permanecer desapegado es fundamental.

Demasiado...

«Estaría dispuesta a empezar con unas prácticas», murmura.

Sacudo la cabeza y ella malinterpreta mi intención.

«Gracias por tomarte el tiempo de recibirme», dice, levantándose de repente.

«¿Has cambiado de opinión?» le digo.

«¿Cómo dices?».

La pobre ya no sabe hacia dónde bailar.

«Porque tengo listo tu contrato de trabajo», digo, señalándolo sobre el escritorio. «Si lo firmas, empiezas mañana por la mañana».

Dos pasos y ella está frente a mí.

Mai Lan toma el bolígrafo que había dejado allí y, sin siquiera tomarse el tiempo de leerlo, pone su firma en una y luego en otra de las copias del contrato que había firmado antes de su llegada.

Dobla una copia por la mitad y luego la guarda en su bolso.

«¿A qué hora mañana?», me pregunta mientras se dirige hacia la salida.

«A las nueve será perfecto».

«Entonces, nos vemos mañana», dijo mientras sale.

La puerta se cierra detrás de ella.

Realmente no sé qué acaba de pasar.

Todavía tengo dudas, pero para disiparlas inventamos los períodos de prueba.

5

MADISON

Bajo el volumen de mis auriculares, el dueño de la villa que tengo en línea está furioso y me lo hace saber gritando enloquecido. Lo entiendo, yo también estaría fuera de mí si descubriera que las joyas de mi esposa han desaparecido, y más habiendo pagado una fortuna por una empresa de seguridad.

«¡Quiero a su director en línea inmediatamente!», exclama con un fuerte acento londinense.

¿Quién dijo que los ingleses nunca pierden la compostura?

«Lo siento, pero el señor Bianchi se encuentra en estos momentos en una reunión. Puedo pasarle a su asistente, señor...».

«¡No quiero tratar con un subordinado! ¡Es Bianchi con quien quiero hablar! Él me había asegurado que con su sistema de videovigilancia, más sus agentes, supuestamente extracalificados, no tendría ningún problema. ¡Así que ahora me gustaría que me explicara cómo alguien pudo haber robado las joyas de mi esposa sin que nadie se diera cuenta! ¡No me importa si ahora está en una reunión con el Papa! ¡Quiero que vaya a buscarlo ahora mismo!».

Tengo un momento de vacilación. ¿Debo molestar a Andrea durante su entrevista? El señor Livingstone es un cliente importante. Vigilamos su villa, aquí en Saint-Tropez. Son nada menos que cuatro agentes que se turnan día y noche en su domicilio, además de todo un sistema hipersofisticado conectado a nuestra computadora de seguridad. Si creo en su expediente, a veces también le proporcionamos agentes cuando necesita escolta, especialmente cuando viaja al extranjero.

Entiendo claramente que no desea hablar con ningún otro de mis compañeros. Sin embargo, aquí solo soy la recepcionista, no voy a tomar la decisión de comunicarlo con Andrea mientras está ocupado. A este último ya no le agrado mucho, no es necesario que le dé razones adicionales para odiarme.

«Un momento, por favor».

Pongo la música de espera y sé que no ayudará a calmar al cliente. Por cierto, tendré que preguntarle a Nathan si no hay forma de cambiarla, porque, francamente, "Las Cuatro Estaciones de Vivaldi", ¡apestan!

Estoy a punto de comunicarme con James, uno de los chicos que trabaja aquí y que reemplaza a Andrea en muchas de sus tareas durante su ausencia. Pero me sorprende ver regresar a Mai Lan Duong de su cita con Andrea.

¿Ya?

Pienso por un momento que la entrevista ha resultado catastrófica, pero ella me sonríe cálidamente y dice, «¡Hasta mañana!».

Entonces entiendo que es todo lo contrario.

Así que, además del regreso de Andrea, la "Señorita Perfecta" vendrá a trabajar aquí.

Genial.

Pero eso significa que Andrea ya no está en una reunión.

No tengo tiempo de marcar su extensión cuando él se para frente a mí, luciendo molesto. O debería decir, con esa mueca de estreñimiento que parece tener constantemente a mi alrededor.

«Puede que no lo haya pedido correctamente, pero en el futuro, cuando te pida algo, te agradecería que lo hicieras», dijo secamente.

Entiendo que se refiere a cuando me pidió bebidas para su reunión.

«Y tal vez a pesar de que eres grosero, yo sé cómo seguir siendo profesional», respondo en un tono similar.

Está a punto de responder, pero no le doy tiempo.

«Tengo algo mucho más urgente. Tengo al Sr. Livingstone al teléfono y, créeme, afortunadamente no perdí esa llamada. A su esposa le robaron las joyas de su villa, está furioso y quiere hablar contigo».

Todo rastro de vehemencia hacia mí se desvanece de su rostro, pero es reemplazado por una expresión tensa.

«Pasa la llamada a mi oficina inmediatamente».

«Esta bien, jefe».

Tiene un pequeño momento de sorpresa, probablemente por la forma en que lo acabo de nombrar. Pero inmediatamente después se marcha en dirección a su oficina. Se apoya en su muleta y me siento mal por él. No me sorprendería que todavía sintiera dolor, pero es demasiado orgulloso para admitirlo.

Oh, al fin y al cabo, ¿qué me importa eso?

Decido darme un pequeño capricho por haber sobrevivido a los gritos del señor Livingstone. Voy a la sala de descanso a tomar un café. Necesitaré al menos un litro para superar este día y el regreso de Andrea. Sueño con un *Frappuccino*, pero por desgracia para mí, la primera cafetería que pueda prepararlo como a mí me gusta está a más de una hora, según lo he comprobado. Saint-Tropez es aparentemente el *lugar ideal* durante el verano, a menos que seas un amante del *Frappuccino*...

En su lugar, me sirvo una gran taza de café. Los chicos sacaron de un armario una vieja cafetera de filtro, especialmente para mí. Aquí todos beben expreso, excepto James, que prefiere el té, pero yo no puedo tragar ni una gota.

Nathan entra a la habitación y abre el refrigerador para tomar una botella de agua. Parece molesto.

«¿Cómo estás?», le pregunto.

«El equipo 2 informó de un robo en una de las villas que estamos vigilando. ¡Maldita sea! Estoy revisando los videos con mis chicos. Pero por ahora no tenemos nada en absoluto».

«¿Hablas de la propiedad Livingstone?».

Él asiente, así que agrego, «Ahora mismo está hablando por teléfono con Andrea».

«Bueno, yo no quisiera estar en su lugar...».

«Supongo que nunca es agradable tener un cliente enojado al teléfono», digo.

«Livingstone no es un cliente cualquiera. Es uno de los más grandes de la agencia. Ni siquiera me sorprendería si esta historia llega hasta el gran jefe».

«¿Ted?».

«Sí, creo que se conocen personalmente. De todos modos, no debería sorprendernos que Andrea esté nervioso en los próximos días».

«Genial, como si necesitáramos que estuviera aún más temperamental de lo habitual...».

Nathan muestra una expresión de asombro.

«¿Temperamental? ¿Andrea?».

«¡Sí, el chico siempre está enojado!».

Esta vez se echa a reír.

«¡No estaremos hablando del mismo Andrea!».

«¿Por qué, hay varios aquí?».

«No, pero para mí, el Andrea que conozco, es un tipo agradable, sonriente y, de hecho, bastante simpático».

Arrugo la frente.

«Entonces ¿debo concluir que él solo tiene esa actitud conmigo?».

¡Suerte la mía!

«Puede ser. Pero te aseguro que Andrea es realmente simpático. Deberíamos pedirle que salga con nosotros esta noche... si esto de Livingstone nos lo permite, porque me temo que estaremos en la oficina hasta tarde».

«¡Jamás!».

Y al ver la mirada confusa de Nathan, agrego, «O sea, si hay trabajo, sí, entiendo que nos quedemos. Pero no quiero pasar la velada con Andrea si no viene al caso».

Él responde con un breve movimiento de cabeza, sin hacer comentarios.

«Bueno, debo regresar», dice, saliendo de la habitación.

Yo también me estoy preparando para salir de la sala de descanso. Pienso en la sugerencia de Nathan de que Andrea venga con nosotros y me pregunto si no fui un poco fuerte al negarme. Tampoco quiero que se desarrolle un mal ambiente en *Riviera Security* porque ambos tenemos problemas para llevarnos bien. Parece que todos se caen bien, no quiero ser yo quien provoque discordia.

Así que vuelvo a la encimera, tomo una taza del estante y me sirvo un expreso. Agrego dos de azúcar, como vi hacer a la gente en numerosas ocasiones durante nuestra estancia en Mónaco. Luego voy a la oficina de Andrea.

Dudo en llamar, pero cuando lo escucho hablar a través de la puerta, entiendo que sigue hablando por teléfono. Abro la puerta lentamente. En cuanto se abre lo suficientemente lejos, me encuentro con su mirada negra que está enfocada en mí, mientras su mano sostiene el auricular en su oreja.

Entro a la habitación, esperando que él me haga un gesto para que me vaya en cualquier momento. Pero en lugar de eso, me deja hacerlo y sus ojos nunca me abandonan.

Cuando coloco la taza frente a él, incluso sonríe levemente.

Estoy a punto de escabullirme para regresar a mi puesto cuando lo oigo despedirse del señor Livingstone.

Dudo por un momento, mi mano ya está en la puerta. ¿Me voy? ¿O le pregunto cómo le fue?

Él suspira. Me doy vuelta y pregunto, «¿Entonces?».

Se pasa una mano por la cara, se ve aún más tenso que antes.

«Esto es una mierda, Madison. Esto es una mierda...».

6

ANDREA

«Quiero a "todos en el puente" en quince minutos», aviso a Madison.

Ella frunce el ceño, me mira extrañada antes de mostrar una sonrisa de satisfacción.

«*Everyone on the bridge*, es gracioso, es la expresión que usamos en inglés», declara, girando sobre sus talones.

Tan pronto como la puerta se cierra detrás de ella, levanto mi teléfono. Dos segundos después, Ted responde, «¡No quiero saberlo!».

Esta es su frase favorita. La de un jefe que sabe delegar y que no exige informes cada tres segundos.

«Bueno, esta vez tengo que informarte», le digo.

«Hoy nos tocó a nosotros», me contesta.

Por enésima vez, examino mi oficina y me pregunto dónde podría haber escondido cámaras o micrófonos. Nunca logro sorprenderlo. Es como si ya supiera lo que le voy a decir.

«Pero…» tartamudeo.

«Los robos en Saint-Tropez llevan varias semanas en los titulares de todos los periódicos y, como la competencia no está formada solo por delincuentes, me dije que, tarde o temprano, acabarían recayendo sobre uno de nuestros clientes».

Y es cierto, así explicado, es evidente. Me siento un poco estúpido por haber imaginado por dos segundos que él no había tenido el mismo razonamiento que yo.

«El problema es que le tocó a Livingstone».

Ted responde con una avalancha de insultos. Bueno, supongo que eso es todo porque después del *Fuck* (Mierda) inicial, el resto no está en mi vocabulario.

«Bueno, ya le he hecho suficientes favores para que no nos deje...».

Ted está pensando en voz alta y sé que, en estos momentos, definitivamente no se le debe interrumpir.

Así que lo dejo pensar, aunque no comparto su optimismo. Claro, *Riviera Security* salvó el día de Livingstone cuando la oficina de Londres logró identificar al topo que estaba vendiendo sus secretos comerciales a su mayor competidor, pero los clientes tienen mala memoria. Es un poco normal. Nadie habla nunca de que los trenes lleguen a tiempo. Solo recordamos a aquellos que se descarrilan.

«¿Tienes un plan?», me pregunta.

«Voy a reunir a todos y revisaremos los informes de robos anteriores y buscaremos puntos en común».

«¿No crees que el equipo de Vivaudo ya lo hizo?».

«Sí, claro, pero a veces, cuando tienes el asunto frente a ti, hay cosas que no ves», respondo.

«Tienes razón, pero eso no será suficiente», dice Ted.

«Estoy de acuerdo, tengo varias ideas y...».

El jefe no me da tiempo para presentárselas.

«Entonces está bien, llámame si necesitas ayuda, tengo que dejarte, es Livingstone quien me llama».

Antes de que pudiera contestarle, colgó.

Me estiro suavemente, teniendo cuidado de no forzarme. Esta maldita costilla nunca deja de recuperarse. Miro la caja de medicamentos en mi escritorio y palpo a mi alrededor. Los analgésicos me adormecen, pero el dolor me impide concentrarme. Siempre pierdo.

Decido abstenerme, voy a tomarme el café. Justo a tiempo, la chica me acaba de traer mi segundo del día. Y dulce en su punto.

Alguien que recuerda exactamente cómo tomo mi veneno favorito no puede ser tan malo.

Tres golpes en mi puerta y Nathan asoma la cabeza.

«El equipo de guardia de noche ha regresado», dice. «Estamos completos».

«Ya voy».

Me levanto, apoyándome en el escritorio.

«¿Necesitas ayuda?», me pregunta nuestro experto en servicios.

«No, dame un minuto y voy».

Armado con mis muletas, lo sigo a nuestra sala de reuniones. Incluso Steve, nuestro analista, llegó antes que yo. Ya está instalado en su lugar asignado al final de la mesa, donde podrá posicionarse cómodamente con su silla de ruedas. Él me mira y me saluda alegremente.

«Es una mierda no tener ambas piernas, ¿eh?», me dice.

Sacudo la cabeza, riendo. Pase lo que pase, este chico encuentra la manera de bromear y, no sé por qué, solo necesito escuchar su acento quebequense para ponerme feliz. Cada una de sus expresiones es como un delicioso caramelo que saboreo.

Saludo a los miembros del equipo sentados alrededor de la mesa antes de tomar mi lugar junto a Steve, quien ha conectado el proyector de video a su computadora.

Justo cuando está a punto de atenuar las luces para que

podamos examinar la información que ha recopilado, Madison entra a la habitación con una bandeja. Una docena de vasos, dos botellas de agua y algunos bocadillos.

Nathan saltó de su silla para ayudarla y colocar todo sobre la mesa.

«Gracias, Madison», dice él. «Es una buena idea porque estaremos aquí por un tiempo».

«Sí, si tienen hambre, pediremos a la pequeña que nos ordene algo», agrego solo para tranquilizar a la tropa.

Los tipos como los que trabajan para nosotros no son de los que se saltan una comida si no es imprescindible.

Steve me mira divertido. James se sumerge en la contemplación de su taza de té y Nathan suspira.

¿Qué dije de nuevo?

La respuesta me viene de la afectada.

«¿Eso significa que *la pequeña* no podrá asistir a la reunión?».

Pone buena cara, pero se nota que está enojada.

Sintiendo la mirada oscura de Nathan sobre mí, decido adoptar una solución de compromiso.

«Claro que sí. Como ya te lo dijo Nathan, somos un equipo en el que todas las propuestas son bienvenidas. Así que sí, puedes quedarte, pero mantén tus auriculares puestos y párate cerca de la puerta para poder escabullirte sin interrumpirnos, en caso de que necesites contestar el teléfono. Listo».

Ella asiente y acerca una de las sillas a la salida.

«Bueno, ¿hemos terminado de fastidiar?», pregunta Steve, bajando las luces.

«Cuando quieras, grandulón», le digo.

«Bien, pudimos conseguir seis expedientes», comienza. «Y no hay nada que objetar, la policía hizo un gran trabajo. Recopilaron toneladas de datos y, francamente, no creo que se les escapara nada. Investigaron a los sospechosos habituales, es decir, a todos los proveedores de servicios que trabajaban en cada una de estas residencias, y ninguno cumplía todos los requisitos. Sin embargo, por precaución, hice una doble comprobación».

«En la pared blanca hay una tabla que presenta una lista de las seis propiedades ya robadas antes que la de nuestro cliente. Debajo de cada uno de los cuadros, se encuentran los nombres de las empresas que trabajan en esas áreas», concluye.

La lista es impresionante y nos ayuda a entender por qué las familias ricas tienen un mayordomo o una institutriz para aliviar la preocupación de tener que coordinar a todas estas personitas.

Especialista en piscinas, paisajista, calefactor, responsable del mantenimiento del aire acondicionado, personal de limpieza, lavandería, servicio de entrega de compras a domicilio, empresa encargada de videovigilancia u otro tipo de seguridad, etc.

La lista nunca termina.

Hay mucha gente para gestionar y para nosotros, muchas personas para controlar.

Pero esto ya es algo que hacemos previamente con nuestros clientes. El contrato que tienen con nosotros estipula que deben proporcionarnos la identidad de todas las personas que desean contratar, para permitirnos realizar un control de su confiabilidad. La idea es no dejar que el lobo entre en el redil.

«Como pueden ver, ninguna de estas empresas presta servicios en las seis, y ahora siete propiedades que fueron visitadas», continúa Steve. «Pero podrían argumentar que algunas de ellas tienen empleados en común. Por ejemplo, estas personas solo utilizan los servicios de un chef de manera ocasional. Esto significa que el mismo cocinero puede ser contratado a través de varias agencias de personal doméstico».

«Entonces, aunque las empresas con las que tratan estas personas sean diferentes sobre el papel, ¿podría darse el caso de que en realidad fuera la misma persona la que haya estado en todas estas casas?» pregunta Madison.

«Sí, exactamente», responde Nathan. «Lo entendiste bien».

«Excepto que no», añade Steve. «No tuve tiempo de hacerlo para el robo de esta noche, pero ya puedo decirles que para los primeros seis expedientes no hay ningún vínculo en común».

Permanecemos en silencio mientras Steve muestra un nuevo gráfico que enumera las empresas que han respondido y los nombres de sus empleados.

El que más se menciona es el repartidor del comerciante de vinos, pero apuesto a que no tiene nada que ver. No es que lo conozca desde la infancia o incluso que crea que sea más honesto que nadie, es solo que no es lo suficientemente inteligente como para que el instigador de tal operación le confíe ningún papel en su organización.

Sin embargo, necesariamente debe haber algo en común.

Tendremos que averiguar qué, antes de que otro de nuestros clientes se vea afectado.

7

MADISON

«¡Miren! La empresa que se ocupa de los jardines de las villas Canoubiers y Salins contrata a un tipo que hace trabajo extra los fines de semana en una empresa de catering en Sainte-Maxime. Y es esa empresa la que intervino en la propiedad de Ramatuelle», indica Nathan en un anuncio.

«Sí, pero Livingstone no utilizó la empresa de jardinería ni el servicio de catering», responde Steve.

Ha habido docenas de pistas iniciales cortadas de raíz desde que estamos en la sala de reuniones. Yo misma, aunque a veces estoy ausente para contestar el teléfono, revisé un montón de listados y tuve algunas decepciones.

«Sigue siendo una historia extraña», comenta James. Casi una docena de robos, todos en propiedades altamente seguras, pero sin dejar rastro. Nuestro ladrón debe haber entrado por la puerta principal. Si alguien hubiera irrumpido en las casas, en las cámaras de vigilancia habría rastros de al menos una de ellas.

«¿A menos que el ladrón haya conseguido los planos de las instalaciones?», sugiero.

«Imposible», responde Nathan, sacudiendo la cabeza. «Las empresas que brindan vigilancia son diferentes. Habría tenido que piratear los sistemas de varios de nosotros para obtener la información. Y si el tipo es lo suficientemente hábil para hacer eso, habría montado una estafa mucho mayor que robar tres piedras aquí y allá».

«¿Piedras? ¿Viste el tamaño del diamante que adorna el anillo robado a la señora Livingstone?», pregunto.

«No importa, porque es imposible», él responde.

«¿Y por qué?, insisto.

«Porque soy quien configura el sistema para todos nuestros clientes, y es *inviolable*», dice en un tono que me hace entender que no soporta que nadie cuestione sus capacidades.

«Mira nada más...», me gusta hacer enojar a Nathan, pero James no me da tiempo.

Él añade, «Incluso si logró entrar en el sistema de Nathan...», le lanza una mirada sombría, pero el inglés no le hace caso y continúa, «habría tenido un encantador comité de bienvenida en casa de los Lepeltier».

Gira la pantalla de su laptop y nos muestra una foto de dos enormes dóberman.

«¡Oh! ¡Son muy lindos!», digo yo.

Mi exclamación llama la atención de Andrea quien hasta ahora ha permanecido en silencio. Levanta la cabeza de los documentos que examina para mirar también la foto. Pero cuando la ve, tiene una expresión diametralmente opuesta a la mía. Hace una mueca y vuelve a meter la nariz en sus papeles.

«Livingston tiene un caniche», digo. «Y también habría ladrado si alguien hubiera irrumpido en la propiedad de sus amos».

Vi al perro en las imágenes del circuito cerrado que Nathan estaba viendo antes.

«¿Un caniche? Como perro guardián debe ser formidable», se burla Andrea.

No puedo evitar decirle, «No todos los caniches son perritos que hacen compañía a las ancianas. Se les considera una de las tres razas de perros más inteligentes. Y el caniche estándar era muy popular en la Edad Media para la caza. Bien podría haber dado la alarma si hubiera entrado alguien desconocido. ¡No lo subestimes!».

Todos en la mesa han dejado lo que estaban haciendo para mirarme sorprendidos. No sé si es por mi miniexposición sobre caniches o porque simplemente le hablé bruscamente al tipo que sigue siendo nuestro jefe.

Decido elegir la primera opción.

«Me encantan los perros», admito.

Y eso es suficiente para que la mayoría de mis colegas vuelvan a trabajar. Pero claro, Andrea hace su comentario, «¿Por qué eso no me sorprende?», murmura entre dientes.

Respiro para intentar mantener la calma. Por suerte, Nathan me distrae inclinándose para susurrarme al oído, «Sospecho que a Andrea no le gustan nada los perros, incluso podría tenerles miedo».

«¿Qué te hace creer eso?», también pregunto en voz baja.

«Cada vez que se cruza con uno se aleja de él como si fuera a darle la peste. Y lo curioso es que puedes estar segura de que cuanto más intente esquivarlo, más hará la pobre criatura todo lo posible para acercarse a él».

No puedo evitar reírme un poco, pero al segundo siguiente, la mirada oscura de Andrea se fija en nosotros. Él frunce el ceño. Realmente necesita dejar de hacer eso, de lo contrario tendrá líneas de expresión muy feas.

«Creo que deberíamos detener la búsqueda por hoy. Se

hace tarde y es mejor que nos vayamos todos a casa y descansemos para poder pensar con claridad mañana», anuncia el jefe.

Las miradas intercambiadas entre mis compañeros me hacen pensar que esta repentina interrupción los sorprende tanto como a mí. Pero algunos se apresuran a ordenar sus cosas de inmediato.

Empujo mi silla hacia atrás y miro mi reloj. Es cierto que hemos superado desde hace horas el horario oficial de cierre de las oficinas de *Riviera Security*.

«Si no te importa, voy a renunciar al plan de esta noche», me dice Nathan. «Estoy exhausto, y dado el día que nos espera mañana...».

«No te preocupes, yo tampoco tengo muchas ganas de salir ahora. Y ha pasado mucho tiempo desde que nos perdimos la *Hora Feliz*.

«Excelente. Así que lo tomo como un *rain check*, como dicen en tu país», se ríe mi colega.

[Nota de la T.: *la expresión "rain check" se utiliza coloquialmente para indicar un aplazamiento de una invitación u oferta para otra ocasión*]

«¡Exacto!».

Se aleja con su laptop bajo el brazo y yo, por mi parte, recojo mis papeles. Luego, guardo los vasos y botellas que había traído antes. Cuando termino, el único que queda en la habitación es Andrea, ocupado con su teléfono. Estoy tentada de irme sin decir nada, pero no puedo evitar preguntar, «¿No vas a casa?».

«Sí, iré. Pero primero tengo que pedir mi taxi».

Mi propuesta sale antes de que tenga tiempo de pensar en ella, «Puedo llevarte. Vamos al mismo sitio».

«¿No se supone que saldrías esta noche?».

Le respondo, más para molestarlo que otra cosa, «Lo que haga o deje de hacer fuera de las horas que paso aquí no es asunto tuyo. Pero como tienes tanta curiosidad, pensé en seguir revisando estos listados en casa». Como siento que habrá objeción, agrego, «No me llevo ningún documento confidencial».

Él no dice nada por un segundo y luego responde, «Está bien».

Luego me hace un gesto para que vaya delante de él, por lo que entiendo que acepta mi oferta de llevarlo.

El viaje de pocos minutos hasta el edificio de apartamentos donde vivimos ambos es casi silencioso. Estoy conduciendo y él parece absorto contemplando el paisaje. O, mejor dicho, supongo que está perdido en sus pensamientos.

Quizás Nathan tenga razón. Parece que Andrea se comporta conmigo de manera diferente que con el resto del mundo. Cuando estaba con Ted, o incluso cuando pasábamos unos días con la familia Nkosi, era un auténtico parlanchín. Mientras que conmigo él es distante y frío, o discutimos. No tengo idea de qué hice para merecer este trato especial...

Estaciono en el espacio reservado para mí y nos bajamos del coche. Andrea abre la puerta del edificio y me la sostiene mientras paso. El hombre puede tener defectos, pero tiene excelentes modales. Entramos al ascensor y presiono el botón del tercer piso, donde vamos ambos. Cuando la cabina comienza su ascenso, abro la boca. ¿Para decir qué exactamente? No sé.

Podría preguntarle cuál es su problema conmigo.

Sí, eso es, aclarar las cosas de una vez.

Es una buena idea.

Estoy a punto de hacerle la pregunta, cuando suena el pequeño timbre que anuncia nuestra llegada.

La puerta se abre y empiezo, «Andrea, ¿es que...?».

Pero en ese mismo momento escuchamos una voz, «¡Andrea!».

En el rellano, está una joven morena de aproximadamente mi edad. No tiene tiempo de dar dos pasos antes de que ella salte alrededor de su cuello, casi tirándolo hacia atrás mientras él suelta su muleta para sostenerla.

«Chiara...», lo escucho decir en un tono que es a la vez se sorpresa y feliz.

Me acerco sigilosamente detrás de ellos, sin querer perturbar su encantador encuentro. Y, sobre todo, si en unos segundos tiene que presionarla contra la pared para besarla, no quiero presenciar ese tipo de escena.

Así que me apresuro a poner la llave en la cerradura y abrir la puerta.

8

ANDREA

«¡Qué feliz estoy de verte! ¡Te he extrañado mucho! Y tú también me extrañaste, ¿no?».

Sin esperar mi respuesta, la menor de mis hermanas continúa. «Llegué a casa al mediodía y mamá me dijo que tu gemela malvada te trajo lasaña hace dos días. Me dije que ya la habrías terminado, y que estarías encantado de contarle a tu hermana favorita tus últimas aventuras, mientras ella te prepara una deliciosa cena».

La rivalidad entre mis hermanas es un juego que les divierte desde pequeñas. Cuando era más joven, a veces abusaba de ello para librarme de ciertas tareas del hogar, «Si lavas los platos por mí, serás mi hermana favorita…».

Hoy en día, me da un poco de vergüenza, pero nadie parece culparme.

Mientras sigue balbuceando, Chiara mueve la bolsa de la compra que me bloquea el paso para dejarme abrir la puerta. Recojo mi muleta y luego pongo la llave en la cerradura después de mirar detrás de mí. Tal vez…pero no, Madison ya desapareció. No es tan malo. Chiara y ella juntas por una velada, no creo que hubiera aguantado.

Mi hermana pequeña me hace un gesto para que vaya delante de ella y, por una vez, lo hago. Estoy cansado de arrastrarme. Como leyendo mis pensamientos, Chiara comenta, ¡Siento que debe ser muy frustrante para ti usar estas muletas!».

Cierra la puerta detrás de nosotros y continúa preguntándome, «¿Las usarás por mucho más tiempo? ¿Y quién es la chica de enfrente? ¿Ted encontró una nueva inquilina?».

La ventaja de una conversación con Chiara es que hace tantas preguntas que puedes eludir algunas de ellas fingiendo haberlas olvidado.

«Sí, tienes razón, usar muletas es frustrante. Pero bueno, ya falta poco, no me puedo quejar mucho. Es la costilla rota lo que más me molesta. Aun así, dada la violencia del impacto, creo que salí bien librado».

«¿No llevabas puesto tu cinturón?».

Chiara parece atónita.

No es de extrañar, siempre sermoneo a todo el mundo sobre las normas de seguridad, por lo que olvidarme del cinturón de seguridad debe parecerle imposible.

«Sí, claro que llevaba puesto el cinturón de seguridad, pero cuando me liberé para ayudar a uno de los pasajeros que iba en la parte trasera, desestabilicé el auto y volcamos nuevamente. Fue entonces cuando me lastimé».

«Mi pobre gatito», dice, corriendo hacia mí una vez más.

Esta vez ya no hay ninguna sorpresa, y aguanto su muestra de afecto. Finalmente, lo controlo, arrastrándolo conmigo en una caída mesurada sobre el sofá.

«¿Has vuelto para el verano?», pregunto una vez que estamos sentados cómodamente uno al lado del otro.

«Para el verano o para siempre, aún no lo he decidido,

pero no intentes desviar la conversación. A mí no me lo puedes hacer. ¿Quién es la adorable criatura con la que saliste del ascensor? ¿Querías invitarla a cenar? ¿Quieres que vaya a buscarla?».

Coloco la palma de mi mano izquierda perpendicular a mi mano derecha extendida como lo hacen los árbitros para ordenar un tiempo muerto. Ella se echa a reír y salta del sofá hacia la cocina abierta, donde ha dejado sus paquetes.

«Estoy preparando la cena, pero ya sabes, soy multitarea, puedo escucharte perfectamente al mismo tiempo».

«La pequeña de enfrente es Madison, la hermana de un chico que es excompañero de armas de Ted, y también uno de sus futuros socios, si no he entendido mal».

«¿Ted va a tener un socio?».

«Sí, se decidió hace apenas unas semanas. Admito que estoy tan sorprendido como tú con este caso».

«¡Pero son realmente buenas noticias!», ella exclama.

«En serio lo crees?».

«Pues sí, hasta ahora siempre me habías dicho que era un lobo solitario, alguien que nunca compartiría su poder con nadie. Bueno, si busca socio, no es imposible que algún día tenga un segundo socio. En esas condiciones, ¿por qué este segundo no podrías ser tú?».

Asiento pensativamente. Yo no lo había visto así. De hecho, hasta este momento, nunca consideré asociarme con Ted como una posibilidad real. Siempre me dije que la entrada probablemente me saldría demasiado cara. Pero ahí, por lo que tengo entendido, Ken no llega con mucho capital. Parece que no tiene nada que aportar más que su experiencia. Entonces sí, Chiara tiene razón, tendré que considerarlo.

«¿Y qué hace aquí *"la pequeña"*?», mi hermana pregunta de nuevo.

Las comillas que pone con los dedos alrededor de las dos últimas palabras son una llamada al orden. Voy a tener que dejar de referirme a ella de esa manera, porque me convierte en un macho paternalista y soy todo menos eso.

«Unas prácticas. Ted la contrató para el verano».

«¿Quiere ser detective privado?».

Sacudo la cabeza, riendo.

«No, creo que ella lo que quería era pasar el verano a solas con Ted mientras su hermano regresaba a Estados Unidos con su novia».

«¿A solas con Ted?», Chiara repite con mirada soñadora.

«Sí, pero no. Ted fue muy claro, ella es la hermana menor de su mejor amigo, además, ella acaba de vivir una experiencia traumática, por lo que debemos tratarla como a la Santa Virgen».

«¡Pobre!».

«Si me preguntas, no parece traumatizada en absoluto».

«¡Pero no fue por eso que la compadecí!», protesta mi hermana menor.

«Entonces, ¿por qué?».

«Por lo de Santa Virgen».

Frunzo el ceño y sacudo la cabeza.

«¡No es nada divertido que te adoren de lejos!».

«Sí, pero no te preocupes, hay al menos dos que no entendieron el mensaje», le digo suspirando. «Podrás ver a Nathan y James cuando hablan con ella, parecen dos adolescentes retardados».

«¿Es una impresión o escucho una nota de celos en tu voz?».

«¡Eso sí que no!».

La vehemencia de mi respuesta me sorprende incluso a mí. También hace sonreír a mi hermana. Creo adivinar lo que ella está pensando, pero me doy cuenta de que estoy completamente equivocado cuando dice, «¿Es ella de la que me habló Lucia? ¿La chica que se dejó seducir por un matón ruso? Si es ella, tienes razón en no estar celoso, esta chica es demasiado estúpida. ¡Con un pasado como ese, ella no es lo suficientemente buena para ti!».

«Pero, ¿qué estás diciendo? Madison fue ingenua, eso seguro, pero no permitiré que digas que es una estúpida, ¡oh no! De hecho, ella no es nada estúpida. Incluso diría que es bastante inteligente y bastante perspicaz para una chica de su edad».

Estoy a punto de añadir que también es agradable a la vista y que a veces encuentro en ella encanto, cuando noto la cara sonriente de mi hermana. Me encojo de hombros. «Nunca dije que ella no fuera lo suficientemente buena para nadie. Solo dije que ella no era para nadie en la empresa. Bueno, para quien quiera conservar su trabajo en *Riviera Security*», aseveré en tono perentorio para terminar definitivamente la discusión.

Sin mencionar el hecho de que Mai Lan comienza mañana, y es lo suficientemente encantadora como para hacer que mis bobos compañeros dejen de rondar a Madison como lo hacen. Eso debería solucionar este problema... o no.

Pongo los ojos en blanco y suspiro. Francamente, solo Chiara podría confundir conciencia profesional y los celos.

Eso es todo.

9

MADISON

Dicen que la noche aconseja, y la mía ha estado fructífera. No es que haya dormido mucho, sino todo lo contrario.

Pasé gran parte de la noche leyendo y releyendo todos los datos que pude traer a casa sobre los robos ocurridos en los últimos días en Saint-Tropez y su región. No estaba obligada a hacerlo, al fin y al cabo, solo soy una pasante y, sobre todo, la recepcionista de *Riviera Security Saint-Tropez*. Las investigaciones y los misterios por resolver no forman parte en absoluto de la descripción de mi trabajo. Y hasta me sorprendió bastante ver a Andrea aceptar que metí las narices ahí. Pero entiendo que el señor Livingstone es un gran cliente, así que supongo que está dispuesto a aceptar cualquier ayuda que pueda conseguir, sin importar de dónde venga.

Me pregunto qué pensaría Ted de eso. ¿Estará al tanto?

Deja de hacer películas, Madison.

Si bien Ted sin duda conoce el caso de robo de Livingstone, ciertamente no tiene idea de que estoy trabajando en él. Primero, porque debe tener otras cosas más importantes que gestionar, y finalmente porque no está lo suficientemente interesado en mí como para hacerse este tipo de preguntas.

No diría que a él no le importa en absoluto mi destino, la prueba es que me controla periódicamente. Lo hizo ayer mismo... por correo electrónico. A veces me hago ilusiones acerca de él, pero no creo que alguien pregunte por una persona que le interesa de una manera... digamos... románticamente..., por correo electrónico...

No, por desgracia para mí, Ted Carter no parece considerarme más que la hermana pequeña de su hermano de armas y la pasante en la sucursal de Saint-Tropez de su empresa.

Tomo el montón de expedientes del asiento del pasajero de mi auto y cruzo alegremente la puerta de *Riviera Security*. No hay nadie en la oficina, pero sé que Steve ya debe estar en la sala de operaciones. No es propio de mí llegar entre los primeros. No soy lo que se conoce como una madrugadora, para consternación de Ken, quien literalmente tenía que sacarme de la cama para llegar a tiempo a la escuela en aquel entonces. Pero esta mañana estoy muy emocionada. No puedo esperar para compartir mi teoría con todos, estoy casi segura de que tengo una pista real.

Mientras espero que estén todos, preparo la sala de reuniones. Quiero demostrar que además de devanarme los sesos anoche, soy capaz de hacer correctamente el trabajo que me piden. Voy a la sala de descanso a preparar café y té para mis compañeros y, por los sonidos de voces que me llegan, todos están llegando.

Sin embargo, nadie se acerca a mí ante la máquina de café, a pesar del ruido que hace. De todos modos, coloco las bebidas en una bandeja y me dirijo a la sala de reuniones.

Cuando llego, descubro que están todos en círculo frente a alguien que les entrega vasos de cartón.

Mai Lan.

«Té para James», dice con una pequeña sonrisa.

El inglés le contesta, «Gracias».

«Café con leche para Steve», sigue diciendo ella.

El quebequense agradece.

«Un largo para Nathan».

Mi amigo extiende su mano y dice, «Estoy asombrado. ¿Como supiste?».

«¿Cómo puedo hacerme pasar por una buena investigadora y no enterarme de cómo toman el café mis nuevos compañeros?», ella ríe.

Los chicos se ríen y ella saca un último café del paquete.

«Y para Andrea, un café negro».

Él asiente y pienso por un segundo que la recién llegada acaba de cometer su primer error. Pero vuelve a meter la mano en el bolso y añade, «¡Oh! Casi lo olvido, aquí están tus dos azúcares».

Andrea parece impresionado y de repente me siento ridícula con mi bandeja. Sobre todo, porque ninguno de ellos parece haber notado mi presencia.

Finalmente es Mai Lan quien levanta la cabeza y me mira a los ojos.

«Oh, Madison… hola. Lo siento, no sabía que estarías aquí».

Le dedico una sonrisa que, espero, refleje todo lo que pienso sobre este comentario. ¿Ella no sabía que yo estaría aquí? Ayer, ella me dijo *"hasta mañana"* y se fue. Estoy aquí *todo el tiempo.*

«No es grave. Hice mi propio café».

Ella suelta una pequeña risa cristalina y dice, «Admito que de todos modos no sé cómo tomas el café».

«¡Ah! ¡Por fin un error!», exclama Nathan.

Todos los chicos se echan a reír, como si fuera el chiste del año. Les doy la espalda y coloco mi bandeja en una pequeña mesa en la esquina. Es entonces que una voz profunda declara, «A Madison le gustan los *frappuccino*».

Me congelo y su comentario silencia a todos. Él añade, «Pero aquí, ningún café los prepara como a ella le gustan», contesta Andrea.

¿Cómo sabe él esto?

Me doy vuelta y encuentro su mirada, tan oscura como el expreso en sus manos. Él arquea una ceja en silenciosa pregunta.

«*¿Me equivoco?*», parece preguntar.

No respondo, en cambio anuncio, «Bueno, ya que tienen todo lo que necesitan, volveré a mi puesto».

Nadie me detiene y me dirijo hacia la recepción.

Ni siquiera les hablé de mi descubrimiento de anoche. ¿Pero habrían estado dispuestos a escucharme cuando la reencarnación de Gong Li está ahí para distraerlos? Solo tienen que pedirle a ella, la detective recién graduada, que encuentre el vínculo entre todos estos robos.

Siento que me arden los ojos mientras respondo a un correo electrónico de una solicitud de información que llegó a través de nuestro sitio web. De repente siento que mi teoría es ridícula.

Anoche, mientras revisaba los expedientes de las empresas que trabajan en cada una de las villas visitadas, pensé en un detalle. Una conversación completamente inofensiva que mantuvimos entre compañeros, y que a primera vista poco tenía que ver con nuestro caso. Se trata de lo referente a los perros.

Al principio pensé que era solo curiosidad, pero verifiqué si los diferentes dueños tenían perros.

Respuesta: todos sin excepción.

Nunca tuve la intención de cometer un robo, pero algo me dice que, si lo hiciera y me preparara al menos un poco para mi robo, esa podría ser una pregunta que me plantearía. *¿La propiedad tiene un perro? ¿Y es probable que este salte sobre mí?*

Después de todo, ¿qué sentido tiene frustrar el sistema de seguridad si eso significa que el perro de la familia te muerda las pantorrillas? Y fue entonces cuando me hice una segunda pregunta, *¿Cómo es que ninguna de las personas asaltadas dijo que su perro dio la alarma?*

Quizás simplemente porque no lo hizo...

Por tanto, esto significa que el perro tenía suficiente confianza en la persona que entró en la casa de sus amos.

Le di la vuelta al problema en todas direcciones, para llegar a la conclusión de que seguramente se trata de alguien que está acostumbrado a cuidar al animal.

No podemos sospechar de los dueños, ni de los empleados domésticos ya que evidentemente no son los mismos de una propiedad a otra, y de un perro a otro. Pero, por otro lado, hay una persona que los cuida y que es común para ellos, al menos eso supongo, su peluquero.

Algunas de las personas asaltadas habían mencionado el nombre de la empresa que trabaja en su domicilio, y en todos los casos era el mismo. Pero si esto no llamó la atención de mis compañeros es porque otros no lo incluyeron. Quizás por negligencia, porque ciertamente intervienen con menos frecuencia que el jardinero o la señora de la limpieza. O simplemente porque no utilizan el servicio a domicilio, sino que acuden a la tienda. Lo cierto es que hay muchas posibilidades de que su perro no ataque a la persona que normalmente los cuida tan bien.

No tengo pruebas de que mi teoría sea correcta. Simplemente porque no estoy segura de que todas las familias que fueron asaltadas utilizaran los servicios de "*Vanity Fur*".

Pero tengo la firme convicción de que esta sigue siendo una pista a considerar, a falta de otra más sólida.

Alrededor del mediodía, Nathan abandona la sala de reuniones.

«A Andrea le gustaría que nos pidas comida para el almuerzo. Estamos todos en pie de guerra, aquí nos vamos a quedar».

«Está bien, ¿el pedido habitual?», pregunto.

Tienen sus hábitos en una empresa de catering del barrio que sabe exactamente lo que les gusta a los chicos.

«Sí, por favor. Para Mai Lan, tal vez debería preguntarle qué quiere comer...», él duda.

«No te preocupes, sé exactamente lo que necesita», digo rápidamente.

Me mira sorprendido, pero se encoge de hombros.

«Está bien. Dejaré que te encargues de eso. ¿Te unes a nosotros?».

«No, voy a salir a almorzar. Tengo compras que hacer».
«De acuerdo».

Regresa a la sala de reuniones y yo tomo mi teléfono para hacer el pedido. Le agrego una ensalada sin aderezo para "la señorita". *Supongo que ese café lo bebe solo si tiene pene.* Sé que es un poco mezquino, pero no me importa.

Una vez realizada esta tarea, tomo mi bolso y hago una pausa para almorzar. Excepto que no voy a ir de compras, como le dije a Nathan.

Tengo suerte de encontrar un lugar de estacionamiento justo enfrente del negocio *Vanity Fur*. El lugar se encuentra desierto a esta hora. Aparte de las cigarras que cantan entre los pinos de los alrededores, no hay un alma viva.

Abro la puerta de la tienda y me saluda el agradable frescor del aire acondicionado.

Espero un momento en la entrada. El lugar está impecablemente limpio, los muebles son de diseño y rezuman el lujo al que sin duda aspiran los clientes adinerados. En el lateral hay un exhibidor con pequeños abrigos para perros de *"Botella Dogs"*. Estas cosas las hace un diseñador de Boston, sé que no son nada baratas.

Después de unos minutos, sin ver todavía llegar a nadie, digo, «¿Hola, hay alguien aquí?».

Sin respuesta. Ni un sonido.

Me acerco a una puerta que parece conducir a un pasillo. La abro un poco y repito mi pregunta.

Aún no hay respuesta. Es extraño, pero la tienda no estaba cerrada.

Entro al pasillo, una sensación extraña me invade. Pero es cuando mis ojos se posan en el suelo que mi corazón da un salto.

Porque allí, sobre el inmaculado linóleo gris, hay manchas de sangre.

10

ANDREA

La reunión está animada. James, Steve y Nathan muestran cada uno una gran cantidad de encanto mientras le presentan el caso en cuestión a Mai Lan. La nueva recluta toma notas y hace algunas preguntas. Nada que no nos hayamos preguntado ya, pero al menos me permite comprobar que sus reflejos son buenos.

Steve me lanza algunas miradas. Él es el único que notó que me estaba retrayendo, pasando a un segundo plano. Con el pretexto de ir a servirse uno de los cafés que nos había preparado Madison, se acerca a mí y me mira interrogativamente.

Sacudo la cabeza y él comprende que ahora no es el momento de preguntarme si algo anda mal. Él es el único que parece haber notado lo que me molestó mientras que todos los demás no lo notaron. Esto se debe sin duda a que la sangre que habitualmente irriga su cerebro había bajado a una parte de su anatomía cuyas facultades de razonamiento son más limitadas.

En *Riviera Security* tener espíritu de equipo es fundamental. Este no es un concepto propuesto por el departamento de recursos humanos porque se ve bien en la imagen. No, es una filosofía, aunque hoy en día la mayor parte de nuestro trabajo se desarrolla cómodamente en nuestras oficinas. Una buena cohesión es vital, porque cuando salimos al campo, especialmente para misiones de escolta de celebridades, asumimos riesgos, y en esos momentos debemos tener absoluta confianza en aquellos con quienes trabajamos.

Por eso no tolero ningún desacuerdo ni disparos furtivos entre los miembros del personal. Entonces, el olvido de Mai Lan del café de Madison, incluso si es trivial, sigue siendo inaceptable.

Es más, es una estupidez de su parte porque si hay alguien a quien tenemos que mirar cuando llegamos a un nuevo puesto es a quien está en recepción y atiende el conmutador. En primer lugar, porque es una excelente fuente de información sobre las pequeñas peculiaridades de cada uno. Luego, porque alienarla significa correr el riesgo de que se pierdan muchos mensajes.

Por tanto, es la primera tarjeta amarilla para Mai Lan.

Será mejor que lo compense porque no quiero tener que arbitrar un duelo entre estas dos. No tengo ninguna duda de que sería sangriento.

«Como no encontramos nada interesante al ver quién tenía acceso a todas las villas, sugiero que cambiemos nuestro ángulo de ataque», digo cuando termina la presentación. «Nos concentraremos en la mercancía robada».

«Tengo el inventario», dice Steve, sumergiéndose en su computadora.

«Lo estudié anoche», dice Nathan, «y solo hay objetos muy pequeños».

«¿Te refieres a las joyas?», le pregunta Mai Lan.

«Sí, muchas joyas, pero eso no es todo, también hay pequeños objetos preciosos. Una estatuilla de jade, un pequeño bronce de Rodin, creo, una colección de monedas e incluso de sellos».

«Cosas que alguien podría haber metido discretamente en un bolsillo o en un bolso cuando estuviera de paso», añade James.

«¿Con qué quieres que empecemos?», me pregunta Nathan.

«Por lo que es más difícil de vender», le contesto.

«Tienes razón, para productos de tan buena calidad no deberíamos poder contactar con el primer comprador», reconoce Nathan.

«También podríamos centrarnos en los relojes de marca que fueron robados. Las grandes casas numeran sus piezas y…».

Suena el timbre de la sala de reuniones.

«¿No está Madison aquí?», pregunto.

«No, salió a hacer un recado», dice Nathan.

«¿Y estamos esperando a alguien?».

James y Steve sacuden la cabeza y Nathan está a punto de hacer lo mismo, entonces recuerda.

«¡Ah, claro, la entrega del almuerzo que pidió antes de irse!», exclama, levantándose para ir a abrir.

Nathan regresa dos minutos más tarde, cargado con dos bolsas con los colores de nuestro proveedor de catering habitual. Abre una y saca un primer plato para Steve.

Abre la tapa y un delicioso aroma invade la sala.

«Es el día del osobuco», anuncia Nathan con aire goloso mientras saca de la bolsa un segundo plato idéntico y lo coloca delante de su asiento.

James pone los ojos en blanco. En los últimos meses se ha hecho vegetariano y, como los nuevos conversos, muestra una relativa tolerancia hacia quienes siguen comiendo productos animales.

«Falafel, hummus y tabule, eso debe ser para ti», dice Nathan, pasándole su plato.

«¿Qué nos queda?», pregunta, abriendo la segunda bolsa. Un jamón con mantequilla de pepinillos, será del chef y luego…».

Nathan se detiene, frunce el ceño y luego saca el último plato de plástico de la bolsa.

Tiene el doble de tamaño que los demás y, a través de la cubierta transparente, todo lo que veo es verde. Mai Lan lo agarra y tras examinar su contenido, exclama con admirable entusiasmo, «¡Una lechuga entera para mí! Madison me consiente».

Con una gran sonrisa en los labios, mira a Nathan para preguntarle, «¿No hay vinagreta en el fondo de tu bolsa?».

«Por supuesto», responde, volteando la bolsa sobre la mesa.

Salen un montón de servilletas de papel, un puñado de cubiertos de plástico y unos cuantos paquetitos de sal.

Ante este escaso condimento, veo que Mai Lan ha comprendido que esta es la respuesta de Madison a su pequeña mezquindad de esta mañana. Por un lado, quiero felicitar a ambas, a Madison porque está muy bien interpretada, a Mai Lan por la serenidad mostrada. Sin embargo, sé que no puedo dejar pasar esto. Tendré que encontrar una manera de…

El timbre de mi celular que había colocado sobre la mesa interrumpe mi hilo de pensamientos. La pantalla muestra el número de celular de oficina de Madison.

Apenas tengo tiempo de responder cuando empieza a hablarme en inglés tan rápido que solo entiendo una palabra de cada tres, pero suenan preocupantes.

«¡Madison, cálmate!».

Todos los ojos se apartan de la ensalada y se centran en mí.

«Respira y dímelo otra vez con calma», le ordeno.

«¡Es el ladrón, el que robó las villas, es él, lo sé!», me dice perdiendo el aliento.

«¿Pero de quién me hablas?», le pregunto.

«Del peluquero, es él, pero está muerto».

Evidentemente ella no se encuentra en su estado normal. Entonces, para intentar calmarla, cambio de táctica.

«Está bien, Madison, todo va a estar bien. Vas a respirar profundamente, luego me vas a decir dónde estás y voy a ir a buscarte. ¿De acuerdo?».

«Está bien», responde ella más calmada. «Estoy en Vanity Fur, es...».

Una completa aberración. Uno de esos absurdos que me hace preguntarme sobre el futuro de la humanidad... es un spa para perros. Un lugar donde los perritos acuden a recargar pilas... Eso si el viaje a este establecimiento no les resulta demasiado estresante. De lo contrario, Vanity Fur organiza la atención domiciliaria... Este es el tipo de cosas que me dan ganas de gritar. Pero no lo hago. Mantengo la calma y le digo a Madison, «¿Tocaste algo?».

«¡Claro que no, no soy estúpida!».

«Perfecto, entonces ahora saldrás y me esperarás al otro lado de la calle, ¿de acuerdo?».

«Está bien», repite con mejor voz.

«Una vez afuera no te muevas y no hables con nadie hasta que yo llegue».

Cuelgo el teléfono, tomo mi sándwich y le ordeno a Nathan que me espere en el auto. Luego, saliendo de la habitación detrás de él, le digo a Steve, «Llama a la policía y pídeles que se reúnan conmigo en Vanity Fur. Madison descubrió a nuestro ladrón, pero parece que no fue la primera en hacerlo».

«¿Qué quieres decir con que no fue la primera?».

«Alguien más pudo haberlo descubierto antes que ella, y el problema es que alguien fue el encargado de matarlo».

Sin esperar respuesta de mis compañeros de equipo, le pido a Nathan que me siga y salgo en busca de Madison.

El nuevo giro que ha tomado este caso me lleva a preguntarme qué fue lo robado.

Tiene que haber necesariamente algo más, algo que no está en el inventario y que su propietario no ha declarado a la policía.

Algo que quiere recuperar a toda costa.

Algo por lo que está dispuesto a matar.

11

MADISON

Nunca pensé que la aparición de Andrea pudiera traerme tanto alivio. Los minutos que pasé esperándolo parecieron interminables. Nathan aún no ha apagado el motor de su coche cuando Andrea ya se ha bajado y camina rápidamente hacia mí.

Está a solo dos metros de mí cuando mis nervios fallan y corro a sus brazos. Necesito aferrarme a algo, a alguien, para convencerme de que esto es solo un mal sueño.

Andrea me recibe contra él, me aprieta contra su pecho y su inmaculada camisa. Hundo mi nariz, pero el olor almizclado de su perfume no es suficiente para calmar mi ansiedad.

«Ya está, ya está, ya terminó», me susurra al oído.

Soy vagamente consciente de él está acariciando mi cabello por mi espalda. Me dejé hacerlo. Curiosamente, su toque me consuela. Siento que estoy en un capullo del que no quiero salir.

«Madison».

No reacciono, no creo que sea la primera vez que dice mi nombre, de hecho.

«Madison», repite, alejándome de él.

No me gusta, quiero volver a esconderme contra su pecho, cerrar los ojos y tratar de olvidar lo que acabo de ver.

«*Bella*», dice, colocando sus manos a cada lado de mi cara. «Necesito que te concentres unos segundos. La policía llegará en cualquier momento. ¿Tocaste algo ahí dentro?».

Intento concentrarme. Me encuentro con su mirada color café, parece decidido y ansioso al mismo tiempo.

«Yo..., yo…».

«Intenta recordar», dice en voz más suave.

«Simplemente empujé la puerta, no toqué el cuerpo».

Se me aparecen visiones del cuerpo sin vida del que debió ser el dueño, y reprimo una arcada.

A lo lejos se oyen a todo volumen las sirenas de los coches de policía.

«Andrea, él… él…».

«Lo sé, lo sé», dice, acariciando mi brazo.

«No, me refiero...».

Nathan, que había entrado corriendo a la tienda, sale y Andrea dirige su atención hacia él. El joven geek le da un gesto negativo. Parece serio. Entonces entiendo que él también lo ha visto.

Se acerca a nosotros, mientras tres coches de la policía se detienen haciendo chirriar sus neumáticos en el estacionamiento.

«¿Qué estabas haciendo aquí, Madison?», Andrea me pregunta.

Me siento tan cansada de repente. Odio que me haga esta pregunta, ya se lo dije por teléfono, lo recuerdo.

«La policía te hará la pregunta», se apresura a añadir. «Quiero saber si necesito cubrirte en algo».

Leo en sus ojos que no está bromeando. No tengo absolutamente nada que pueda reprocharme, pero de repente me pregunto. ¿Qué tan cierta es su propuesta? ¿Estaría dispuesto a mentir por mí? ¿Hasta qué punto? ¿Es porque trabajo para *Riviera Security*? ¿Porque soy la hermana de Ken? ¿Porque Ted se lo preguntaría? ¿O simplemente porque le gusto?

Sacudo la cabeza, pero no tengo tiempo de decir más, porque los gendarmes ya están entrando a la tienda y uno de ellos se acerca a nosotros. Reconozco al comandante Vivaudo. Él fue quien me interrogó después de la debacle con Arkady.

«Bianchi, señorita Dylan, diría que es un placer verla, pero por lo que me dijo su colega por teléfono, tengo la impresión de que las cosas no van bien».

Andrea se sienta a mi lado y coloca una mano protectora en mi espalda baja. En tono seco responde al comandante, «No estamos involucrados en esta historia. Madison encontró el cuerpo completamente por casualidad. Y los llamamos de inmediato».

«Aún tuviste tiempo de llegar antes que nosotros...», declara receloso el soldado.

La mirada sombría que le lanza Andrea no deja dudas de que ha comprendido la implicación y que no lo aprecia en absoluto.

«Bueno, señorita Dylan, ¿puede explicarme qué vino a hacer aquí? ¿Ha adoptado un perro?».

Abro la boca y luego la cierro. No sé qué debería decir o callar. Giro la cabeza hacia Andrea para pedirle algún tipo de consejo, aunque claramente no puedo hacerlo frente a Vivaudo.

«Yo...»

«Yo fui quien le pidió a Madison que viniera a Vanity Fur», interrumpe Andrea con firmeza.

Intento ocultar mi sorpresa lo mejor que puedo, pero Vivaudo me mira con recelo. No sé cuál es el motivo de

Andrea para mentirle al oficial, pero sin duda es un buen motivo.

«¿Puedo preguntar por qué?» dice observándonos a ambos.

«Vanity Fur es una de las empresas que trabaja con uno de nuestros clientes que fue visitado esta semana. Madison solo tenía que hablar con ellos para ver si alguien había visto algo inusual. Simple control de rutina, por eso envié a la interna».

No me gusta mucho el tono condescendiente con el que dice estas últimas palabras, pero entiendo que lo hace para intentar convencer a Vivaudo.

El gendarme cruza los brazos sobre su prominente vientre y nos mira a su vez con ojos entrecerrados.

«No sé qué están haciendo ustedes dos, pero espero que me estén diciendo la verdad. No quiero tener que limpiar algún desastre después de su visita. No olvides, Bianchi, que te pedí que mantuvieras un perfil bajo después de la debacle con Arkady».

Andrea asiente.

«El mensaje fue recibido alto y claro. Y créame, nunca habría enviado a Madison aquí si hubiera sospechado por un momento que iba a encontrarse cara a cara con un cadáver».

Vivaudo está a punto de responder, pero uno de sus hombres lo interrumpe, «Jefe, debería venir a ver, no es muy bonito».

El comandante nos deja, no sin antes dirigirnos una última mirada de reojo. Tan pronto como desaparece, Andrea me agarra del brazo y me arrastra hacia un lado.

Estoy a punto de protestar. No soy un muñeco de trapo que puede arrastrar a su antojo. Pero me distrae el hecho de que no trae su muleta.

Es entonces que me suelta y me dice, «Ahora dime exactamente qué estabas haciendo aquí».

Ya no tengo ningún deseo de rebelarme. Sus ojos brillan y no creo que esté bromeando.

«Madison, acabo de mentir por ti, así que lo mínimo que puedes hacer es decirme la verdad».

Respiro hondo y digo, «Como te expliqué por teléfono, creo que el peluquero es lo que tienen en común todos los robos».

Me hace un gesto para que continúe.

«Muchos de los propietarios que han sufrido robos utilizan sus servicios».

«Pero no todos», subraya.

«Estuve aquí para aclarar ese punto. Todas las villas robadas tienen un perro...».

«Y ninguno dio la alarma», añade Andrea.

Puedo ver claramente los engranajes de su cerebro girando.

«Estoy convencida de que los que no utilizaban servicios a domicilio traían aquí a sus perritos».

Él asiente y me mira con una expresión extraña.

«¿Por qué no se lo contaste al equipo?

No hay ninguna acusación en su tono, solo curiosidad. Por mi parte, me da vergüenza. Mi decisión basada en mi ego herido por Mai Lan de repente parece ridícula.

«Yo...»

Se apoya en la pared a su derecha y suspira. No sé si es su pierna o soy yo.

«Somos un equipo, Madison. Nos guste o no, nadie lo hace solo. Compartimos información, interesante o no. Asististe a varias reuniones. Ya sabes que a veces se lanzan teorías locas, lo que no significa que después no se tome en serio a su autor».

«No estaba segura de si mi pista era realmente válida», admito, mirando hacia abajo.

«Creo que el cadáver que descubriste es una prueba que podría corroborarlo», replicó sarcásticamente.

Asiento y agrego, «Aún no te lo he contado todo. El... el hombre que murió allí...».

«¿Sí?

«Estaba atado».

12

ANDREA

Me apoyo contra la pared para mitigar el dolor en mi pierna, veo a Nathan asentir para confirmar que Madison está diciendo la verdad. Levanto una ceja para invitarlo a contarme más.

«Es realmente muy feo», murmura. «El pobre lo debe haber pasado muy mal».

Nathan se inclina hacia mí y habla aún más bajo.

«Te lo muestro más tarde».

Aunque su especialidad es la cibervigilancia, Nathan es un profesional consumado. La escena no le impresionó, por terrible que fuera. Tuvo el buen instinto de sacar su teléfono y filmar la escena del crimen.

Antes de que pueda decirme más, uno de los jóvenes gendarmes que había entrado al lugar con Vivaudo sale corriendo de "Vanity Fur" y se inclina hacia el costado de la carretera, con arcadas.

«Lo siento, jefe», le dice tímidamente a Vivaudo, quien reapareció detrás de él unos segundos después.

«Ya te acostumbrarás», le contesta el oficial con una amabilidad que me sorprende.

Se vuelve hacia nosotros y sacude la cabeza mientras añade.

«El primero siempre es duro, pero aquí debo admitir que está realmente estropeado».

Madison todavía está acurrucada contra mí, y cuando camino hacia Vivaudo, ella coloca mi brazo sobre sus hombros como si hubiera decidido reemplazar la muleta que olvidé por salir deprisa. Como parece haberse recuperado, decido aceptar su oferta silenciosa y apoyarme en ella.

«¿Cuándo quiere tomarle declaración?», pregunto a Vivaudo.

«Ahora», responde.

Miro a Madison quien asiente.

«Cuanto antes mejor, así no correré el riesgo de olvidarme de nada», afirma en un tono a la vez resignado y decidido.

«¿Le parece bien que nos veamos en la estación de policía en diez minutos?», le pregunto.

«¿*Nos*?», pregunta el gendarme. «Solo necesito a la pequeñina».

Siento a Madison tensa. Aprieto mi abrazo para invitarle a no reaccionar ante lo que es, por parte de nuestro interlocutor, un término ciertamente paternalista, pero más bien afectuoso.

«Lo sé, pero se da cuenta de que está demasiado alterada para poder conducir. Además, me siento responsable de ella, así que...».

Vivaudo me interrumpe declarando en tono afable, «Está bien, está bien, lo entiendo. Nos vemos allí».

Dejando atrás el auto de Madison, los tres nos subimos al vehículo en el que llegamos Nathan y yo. Mientras Nathan se aleja, me giro hacia Madison en el asiento trasero.

«Te ves mejor que antes», le digo.

«También me siento mejor, incluso empiezo a sentir hambre otra vez», afirma.

«Yo estoy hambriento», añade Nathan, mirando mi sándwich olvidado en la parte delantera del vehículo.

«Lo entiendo», digo, cortando mi sándwich en dos.

«¿Y tú?», pregunta Nathan.

«No te preocupes, todavía estoy digiriendo la comida que Chiara me preparó anoche».

Nathan se echa a reír.

«¿Tu hermana pequeña todavía no ha comprendido que no heredó el talento culinario de tu madre?».

«Así es, se podría decir. Pero bueno, como nos dijeron durante toda nuestra infancia que nunca debíamos fallar y que si ocurría, cien veces "volver a esforzarnos", no tirará la toalla pronto».

«Ah, la chica de ayer afuera de tu departamento, ¿era tu hermana?», Madison comenta pensativamente antes de morder la mitad del sándwich.

Le doy unos minutos para devorar la parte de mi almuerzo que le compartí antes de declarar, «Está bien, es hora del ensayo general. Finge que soy Vivaudo y cuéntame exactamente qué pasó».

Madison suspira y mira hacia otro lado y responde.

«Alrededor del mediodía, después de pedir el almuerzo para el equipo, tomé mi auto para ir a Vanity Fur y verificar si este proveedor de servicios había notado algo inusual en su camino a la casa de Livingstone. De hecho, nos enteramos de que había intervenido la semana pasada para cuidar al caniche de la familia. Como parte de la investigación que estamos llevando a cabo para intentar entender dónde está el fallo en nuestro sistema de seguimiento, no queríamos perder ninguna posible pista».

Ella me mira y yo asiento para estar de acuerdo con esta presentación de los hechos.

«Así que llegué allí alrededor de las 12:30, empujé la puerta que no estaba cerrada con llave y entré».

Madison cierra los ojos y respira profundamente. Puedo darme cuenta de que está estresada ante la idea de revivir la escena. Entonces, para animarla a continuar, tomo su mano. Abre los ojos y me sonríe casi con timidez.

«Al abrir la puerta se escuchó un timbre, así que esperé en recepción para que me atendieran, sin decir nada, luego, cuando no apareció nadie, llamé para ver si alguien se hacía presente. Después de un buen minuto sin respuesta, empujé la puerta del pasillo detrás del mostrador de recepción y fue entonces cuando vi las manchas de sangre en el suelo».

Aprieto la mano de Madison un poco más fuerte para darle valor.

«Mi primera reacción fue salir corriendo, pero luego pensé que no era lo correcto porque tal vez la sangre procedía de alguien que simplemente estaba herido y podría tener necesidad de ayuda. Así que seguí avanzando y entré a una sala grande. Ahí es donde encontré... el cuerpo».

«¿Y luego?».

«Salí corriendo y te llamé», dice. «Después de eso, hice lo que me dijiste. Me quedé afuera hasta que llegaste».

«Es perfecto», le digo. «Cíñete a eso y será perfecto».

Madison asiente y coloca su segunda mano sobre la mía.

«Ya llegamos», dice Nathan mientras se detiene en el estacionamiento. «¿Qué hacemos? ¿Esperamos o la acompañamos?».

«¿Pueden venir conmigo, por favor?», Madison pide con la mirada baja.

«Por supuesto, pero si quieres que pueda acompañarte vas a tener que soltar mi mano, ¿sabes?».

Con una risa ligeramente nerviosa, ella obedece y sale del auto. En el momento en que abro la puerta, ella está a mi lado y coloca mi brazo sobre sus hombros nuevamente para permitirme apoyarme en ella. Caminamos hasta la entrada de la comisaría.

«Todo estará bien», le digo.

«Sí, es seguro. Sobre todo, porque no tengo nada que reprocharme», añade como para tranquilizarse.

«¡Sin mencionar el hecho de que esta no es tu primera declaración!».

«Es cierto, y al menos esta vez no estoy aquí como víctima».

«Esta vez estás aquí como aprendiz de investigador. Aprendiz que también ha demostrado una excelente intuición».

Madison me mira con el ceño fruncido como si dudara de la sinceridad de mi cumplido. Luego una enorme sonrisa ilumina su rostro cuando finalmente parece decidir que mis elogios no son sospechosos.

Se la ve tan feliz que no tengo el valor de explicarle que todo el talento del mundo no le servirá de nada aquí si no entiende que no debemos hacerlo solos.

«Gracias Andrea», dice mirándome directamente a los ojos.

De repente se vuelve hacia mí, se pone de puntillas para darme un sonoro beso que aterriza en la comisura de mis labios, antes de abrir la puerta de la gendarmería con expresión decidida, declarando en tono confiado, «Está bien, ahora puedo ir sola».

Vivaudo solo tiene que comportarse, Madison está en modo conquistador.

Estoy a punto de volver al auto para esperarla con Nathan cuando el auto del comisionado se detiene frente a la puerta. Parece particularmente satisfecho, lo que resulta curioso en él. Después de todo, acaba de cometerse un crimen horrible en su ciudad.

«Qué bueno, Bianchi, llegaron rápido», observa.

«Usted también», comento.

«Sí, ya casi terminamos de peinar el lugar, excepto la sala donde torturaron al pobre. Eso se lo dejamos al científico, por supuesto».

Ansío preguntarle qué encontró en su búsqueda, pero conozco al hombre lo suficientemente bien como para saber que lo último que puedo hacer es hacerle una pregunta directa. Solo asiento con la cabeza.

«Está bien, los dejo para ocuparme de su pequeña protegida», dice, partiendo de nuevo. «Tomaré rápidamente su declaración. Mientras tanto, para mantenerte ocupado, puedes llamar a tu cliente y decirle que encontramos su estatuilla y luego el anillo de su esposa».

«Ah, ¿sí?».

«Todo el botín de todos los robos estaba en un almacén en la parte trasera de la tienda, después de la sala de masajes para gatos...».

Pone los ojos en blanco y suspira.

«Una sala de masajes para gatos, ¿te das cuenta?».

«Sí, cuando abrieron y declararon que su establecimiento no sería un simple salón de belleza sino un spa para mascotas, me dije que el mundo se había vuelto completamente loco».

«Estoy totalmente de acuerdo contigo, Bianchi».

«En cualquier caso, felicidades, ¡es una gran captura para la Gendarmería Nacional!», le digo.

Vivaudo acepta el cumplido sin pudor alguno y vuelve hacia mí para susurrarme, «Lo curioso de esta historia es que encontramos artículos que nadie reportó como robados».

«¿Quizás este ladrón visitó casas que están desocupadas durante el invierno? Y si los propietarios aún no han regresado para la temporada, no han tenido la oportunidad de percatarse del robo».

«En efecto, es una explicación posible», reconoce el gendarme. «Si este es el caso, serán expedientes bien llevados ya que habremos recuperado la mercancía incluso antes de que los propietarios la declaren robada».

Después de haberse autocongratulado, Vivaudo me vuelve a dar la espalda para entrar en la gendarmería. Tiene el paso ligero de las personas que sienten que han hecho bien su trabajo.

Si cree que este asunto está resuelto, se engaña a sí mismo. El cuerpo que acaba de descubrir es la prueba.

13

MADISON

Encontrarme de nuevo en este local de la gendarmería me parece extraño. La última vez que vine aquí, era una víctima. Fue hace solo unas semanas, pero parece una eternidad. Han pasado tantas cosas desde entonces, y si una cosa tengo segura es que ya no soy la misma mujer.

Me siento más fuerte, más reflexiva.

Y sin embargo…

Mantengo la compostura, pero encontrar el cuerpo del peluquero me sacudió. No es exactamente lo que imaginé para mi hora de almuerzo.

Cuando Ted y Jimmy derribaron a Arkady, no sentí nada. Sin miedo, sin arrepentimientos, sin alivio. ¿Quizás porque estaba demasiado drogada? Una pequeña parte de mí incluso se preguntaba si por lo que me hizo, yo también no había perdido una parte de mi alma.

Pero hoy, cuando me paré frente al cuerpo atado y sin vida del peluquero, me di cuenta de que ese no era el caso. No conocía a este hombre, no sé exactamente cuáles fueron sus crímenes y, sin embargo, seguían rondando preguntas por mi cabeza: *¿Qué hizo para merecer esto? ¿Por qué me molesta tanto ver a este extraño así? ¿Es normal?*

Puse buena cara durante el interrogatorio. El policía que me toma declaración no expresa ninguna emoción. Supongo que es parte de su trabajo, solo Dios sabe qué horrores escucha todo el día. Me hace preguntas específicas, trato de responder lo mejor que puedo. Después de todo, no es muy complicado, solo tengo que decir la verdad.

Salvo por un pequeño detalle... Andrea nunca me pidió que fuera a la peluquería. Entiendo por qué mintió, sé que *Riviera Security* no quiere alienar a la policía. Y admitir que uno de ellos llevó a cabo su propia pequeña investigación, sin decírselo a nadie, sería reconocer una falta de cohesión, o incluso de profesionalismo en sus filas. Y después del lío que dejamos a Vivaudo con el asunto Arkady, no lo necesitamos.

Todavía me sorprende que Andrea no me haya traicionado. Después de todo, solo soy la recepcionista y esa habría sido una gran razón para que me despidiera.

Aunque... sobre este último punto, no tengo ninguna certeza.

Mientras esperaba una reprimenda una vez que estuvimos solos, solo recibí una pequeña palmada en la mano, lejos de ser maliciosa. Una llamada al orden. Pero lo que más me molestó fue su actitud protectora en cuanto Vivaudo quiso hablar conmigo. No estoy acostumbrada a ver este lado de Andrea, al menos no conmigo.

¿Quizás me estoy imaginando mis propias películas?

Ciertamente habría hecho lo mismo con cualquier persona de la agencia, es su papel de líder.

Además de que Ted le pidió que me cuidara.

Y si me abrazó, fue solo porque se había olvidado la muleta.

El gendarme deja de escribir en su teclado y se dirige nuevamente a mí, «Creo que hemos terminado por hoy, puede irse a casa, señorita Dylan».

Se levanta y me acompaña hasta el pasillo donde me esperan Nathan y Andrea. Este último tiene una muleta, se apoya en ella para levantarse en cuanto me ve.

Me despido del gendarme cuando Andrea se acerca a mí. Tan pronto como el soldado se va, me enfrento a la mirada de ojos color café de mi jefe.

«¿Estás bien?», me pregunta con el ceño ligeramente fruncido.

Casi se podría pensar que estaba preocupado.

Apenas tengo tiempo de responder *"sí"* tímidamente antes de que Nathan pase un brazo por mis hombros.

«¡Pero claro que lo manejó como una campeona! ¡Es dura, nuestra Madison!», menciona Nathan.

Me lleva hacia el estacionamiento sin dejar de hablar. Tengo la impresión de que, para mi colega, el hecho de haberme encontrado con mi primer cadáver en el trabajo significa haber validado una especie de rito de iniciación que casi deberíamos celebrar. Realmente no presto atención a lo que dice. Detrás de nosotros oigo el sonido de la muleta de Andrea sobre el asfalto, lo que me indica que nos sigue.

Subo al auto en la parte de atrás y una vez que todos están sentados nos ponemos en marcha. Después de unos cientos de metros me sorprendo.

«¿No volvemos a la agencia?», pregunto.

Es Andrea quien me responde, «¿No crees que ya has tenido suficientes emociones por hoy?».

Me encojo de hombros.

«Puede ser».

Tengo la impresión de que le sorprende que no me

oponga a esta decisión, pero no dice nada, como lo hizo durante los pocos minutos que aún dura el viaje.

Una vez que llego frente a nuestro edificio, noto que mi auto está en el estacionamiento.

«James lo trajo de vuelta», explica Nathan brevemente.

Le pido que le dé las gracias y salgo del coche, dispuesta a volver a casa y darme una buena ducha. Es curioso cómo este pequeño apartamento se convirtió tan rápidamente en mi capullo, *mi hogar*. Es la primera vez que tengo un lugar para mí sola, aunque *no sea mi* casa. De repente quiero hacer desaparecer todo este día, ¿y qué mejor que un poco de agua fría para eso? Me parece un buen plan: una ducha, luego el tarrito de helado de vainilla y nueces que tengo en el congelador, y una estúpida serie que me haga compañía. Una manera maravillosa de terminar la tarde.

Cuando presiono el botón del ascensor, me sorprende encontrar a Andrea pisándome los talones.

«¿Tú también vienes a casa?».

No he pasado muchos días con él en la agencia, pero por lo que tengo entendido y lo que otros han dicho, terminar su jornada de trabajo antes incluso de la hora de la merienda no está en sus hábitos.

Entro al ascensor, él aprieta el botón de nuestro piso y responde mirándome fijamente, «No voy a dejarte sola».

Es estúpido, pero esas palabras me provocan escalofríos. No quería admitirlo ante mí misma, pero la idea de encontrarme sin nadie en mi apartamento no me atraía. Sin embargo, estoy acostumbrada a estar sola. Tengo demasiados años de diferencia de edad con mi hermano como para haber compartido mis juegos infantiles con él. De todos modos, cuando nuestros padres murieron él fue quien asumió ese papel, y aunque hizo lo mejor que pudo, creó más distancia entre nosotros. Después tuve que lidiar con sus ausencias, sus misiones en el extranjero durante meses, mientras lo esperaba tranquilamente en nuestra casa ubicada cerca de su base. Nuestro espacio vital no era ideal para crear amistades. Las esposas de sus colegas eran demasiado mayores para querer pasar tiempo conmigo y sus hijas demasiado jóvenes. Así que aprendí a ser una persona solitaria y, cuando comencé en el Community College, no intenté hacer muchos amigos. Solo Miranda, mi mejor amiga desde la secundaria, es muy cercana a mí, pero ahora mismo hay un océano enorme y casi un continente entero entre nosotras. Entonces, ¿tal vez pasar unas horas con Andrea sea mejor que nada?

Pero mientras pienso en esto, agrega, «Y todavía tienes cosas que explicarme».

Bien, entonces su oferta de hacerme compañía no lo es realmente. Solo quiere interrogarme en casa, en lugar de hacerlo en la agencia.

¿Espera que le agradezca su consideración?

No es probable que eso suceda.

Casi choco con él cuando salgo del ascensor y meto la llave en la cerradura. Abro la puerta y tiro por encima del hombro.

«Voy a darme una ducha, siéntete como en casa», le digo.

Después de todo, este apartamento se parece más a su casa que a la mía. ¿Quién sabe cuánto tiempo más estaré aquí?

El agua que corre por mis hombros logra calmarme un poco. Pero las imágenes del cuerpo sin vida del peluquero bailan detrás de mis párpados cerrados. Unas cuantas lágrimas corren por mi rostro, dejo que recorran mis mejillas por un momento y luego me recompongo.

¡No voy a llorar por alguien que ni siquiera conocía!

Con un poco más de energía salgo del baño. Casi me

olvidé de que Andrea estaba allí y me sorprendió encontrarlo sentado en mi sofá con un montón de comida esparcida sobre la mesa de café.

«¿Dónde encontraste todo esto?».

Soy desordenada, pero sé con certeza que estas galletas no provienen de mi alacena.

«Fui a buscarlas a mi casa. Me imaginé que no comiste mucho en el almuerzo, debes tener hambre».

Mientras me quedo un poco atónita por esta improvisada comida que acaba de prepararme, él insiste, «Prueba estos Amaretti, Aria los hace de maravilla».

«¿Aria?», pregunto.

«Mi hermana».

La de ayer se llama Chiara, ¿no? Entonces, ¿hay otra?

«¿Cuantas hermanas tienes?», le pregunto.

Suspira y responde con una mueca cómica, «Demasiadas».

Luego me hace un gesto para que me siente a su lado. No hay 50 opciones, solo tengo un sofá y de repente la idea de sentarme en una silla no me parece muy atractiva.

Me uno a él y descubro que también hay un vaso de papel sobre la mesa del café como los que encuentras en las cafeterías cuando pides comida para llevar.

Miro a Andrea y me explica:

«No sé si será tan bueno como el que estás acostumbrada a beber, pero quise intentarlo. Tengo un amigo que tiene un bar en el Viejo Puerto y estuvo dispuesto a aceptar el desafío y entregármelo».

Tengo entendido que se trata de mi famoso *Frappuccino*, del que me han privado desde que llegué a Saint-Tropez. Debí haber pasado mucho más tiempo en la ducha del que esperaba para darle tiempo a hacer todo eso.

Esta vez, una gran sonrisa se dibuja en mi rostro.

«Gracias», dije sin poder ocultar del todo mi emoción.

Es una tontería, es solo café, pero es exactamente lo que necesitaba en este momento.

Tomo un sorbo y cierro los ojos. Los aromas que se despliegan en mi paladar son exquisitos. Creo que es uno de los mejores *Frappuccinos* que he probado. Estoy en éxtasis.

De repente, me doy cuenta del peso de la mirada de Andrea sobre mí. Entonces me contengo y pregunto para que vuelva a centrar su atención en otra cosa, «¿Eres cercano a tus hermanas?».

«Sí, aunque la mayoría estaría de acuerdo en que se debe a su esfuerzo, no al mío. Somos muy unidos en casa, somos de origen italiano, eso lo llevamos en la sangre, supongo. ¿Pero creo que tú y Ken también son cercanos?».

Hace algún tiempo, podría haber dicho que no. Pero la experiencia de esta primavera me ha hecho ver las cosas de otra manera. Estar cerca no se mide solo por el tiempo que pasamos juntos, sino quizás más por lo que seríamos capaces de hacer el uno por el otro.

«Él puso en peligro su vida para salvar la mía no hace mucho. Creo que podemos considerar que me quiere un poco», digo con una sonrisa en mis labios.

«No puedo imaginar por lo que ha pasado. Si tan solo hubieran tocado el cabello de una de mis hermanas...».

No termina la frase, pero tengo la impresión de que está perdido en sus pensamientos. Estoy a punto de hacerle una pregunta, pero alguien llama a la puerta.

«¿Esperas a alguien?», pregunta, levantándose inmediatamente.

«No. No conozco a mucha gente aquí».

Estoy a punto de abrir, pero me indica que no me mueva. Saca una pistola de sus pantalones, que ni siquiera sabía que tenía, y cojea hacia la mirilla. Echa un vistazo y de repente se relaja. Guarda su pistola.

«Hola jefe», dice, abriendo la puerta.

Al segundo siguiente, la mirada de ojos azules de Ted se clava en mí.

14

ANDREA

De dos zancadas y Ted se coloca frente a Madison.

Sus puños están tan rígidos como su cara.

«Pero, ¿qué te pasó?», él ladra.

Madison se acurruca en un rincón del sofá y parpadea rápidamente. Intenta poner buena cara y contiene las lágrimas.

«Soy yo quien…».

Ted se vuelve hacia mí y me mira.

«Tu pequeña actuación pudo haber funcionado con Vivaudo, pero no funciona conmigo…».

Abro la boca para protestar, pero no me da tiempo.

«Déjame decirte que no lo creo ni por un segundo. Y, además, es mejor para ti, porque si pensara que eres tan tonto como para enviar a una becaria al bullicio sola, ¡ya estarías haciendo las maletas, sin siquiera esperar a que se seque la tinta al firmar tu carta de despido!».

Y tendría todo el interés en considerar un cambio radical de carrera porque con la reputación que me daría ni siquiera me otorgarían un puesto como cuidador de un cementerio.

Sé todo eso.

He visto a Ted en acción antes, es perfectamente capaz de destruir una reputación y nunca hace amenazas vanas.

«No tiene nada que ver con eso», dice Madison con voz ligeramente temblorosa.

«Lo sé perfectamente bien», responde Ted, colocando la única silla en el estudio frente a la pequeña mesa en la que coloqué nuestro refrigerio improvisado.

Toma uno de los Amaretti y lo examina desde todos los ángulos antes de devorarlo con deleite.

«¡Cuando tienes un talento así, no tienes derecho a renunciar a él!», declara, suspirando antes de volver a servirse otro.

Excepto que Aria probablemente sea mejor en cirugía que horneando. Y como si leyera mis pensamientos, Ted me dice, «No sé si realmente salvar vidas es más importante que deleitar a los gourmets. Con sus pasteles podría hacer feliz a más gente».

Madison mira a Ted con curiosidad, como si lo viera por primera vez. Probablemente sea porque hasta ahora nunca lo había visto con el disfraz de su jefe. Dice lo que tiene que decir y luego pasa la página.

Una vez.

Con Ted, todos merecen una segunda oportunidad. Pero todo se detiene ahí.

«Estoy escuchando», le dice a Madison.

Cuando regreso a mi lugar junto a ella en su sofá, Madison se anima un poco y cuenta nuevamente cómo se dio cuenta de que lo único que todas las víctimas de robo tienen en común, aparte del hecho de que son multimillonarios propietarios de suntuosas villas en la zona, era el amor por sus perros.

«El perro de los Livingstone, según tengo entendido...», dice Ted, «es un caniche, y esa raza de perro implica acicalamiento, pero si mal no recuerdo, también había un dóberman y un mastín, ¿verdad?».

«Sí, tienes razón. Normalmente, estos perros no necesitan tantos cuidados. Al menos no para la gente común. Pero aquí hablamos del Sr. y la Sra. que no saben qué hacer con su dinero. Y fue entonces cuando miré el catálogo de servicios en línea que ofrece *Vanity Fur...*», dice ella.

Ted pone los ojos en blanco cuando ve el nombre del salón de belleza.

«...que descubrí que este establecimiento se presentaba como un spa para perros, y que ofrecía servicios que nunca hubiera imaginado, había manicuras, sesiones de masajes. Después de mirar el menú, me pregunté si alguno de los clientes de la agencia ¡podría adoptarme como mascota!».

Ted y yo sacudimos la cabeza de la misma manera irónica. Tendré que tener cuidado porque tengo miedo de adoptar sus expresiones faciales. Aunque... podría encontrar un modelo peor.

«Lo pensaste bien», la felicita Ted. «Pero lo que no puedo entender es por qué no se lo contaste al equipo».

Madison baja la mirada y por su silencio comprendo que sin duda hay algo más que falta de confianza en ella. ¿Quizá sea mi culpa? Probablemente fui demasiado duro con ella cuando la puse en su lugar. Si es así, se guarda sus reproches y se limita a decir, «No lo pensé. Lo sé, la cagué al hacerlo sola».

Madison levanta la cabeza y mira a Ted y luego a mí directamente a los ojos antes de afirmar con convicción, «Prometo que aprendí bien la lección, no lo volveré a hacer».

Ted asiente y se inclina hacia adelante para estudiar el resto de la compra que he colocado sobre la mesa.

«Bien, entonces, ¿dónde estamos ahora?», pregunta, indicando que se ha pasado página y que es hora de seguir adelante.

«Estamos de vuelta al punto de partida», le digo. «La policía no ha sido muy comunicativa, pero Vivaudo aun así me dijo que habían encontrado en un cuarto trasero todo lo que habían declarado como robado en todos los casos».

Ted frunce el ceño y piensa en voz alta hasta que llega a la misma conclusión que yo.

«Entonces, robaron algo más. Algo lo suficientemente grande como para torturar a un hombre hasta la muerte y que, por alguna razón, aún por determinar, no figuraba en la lista de artículos robados proporcionada a los investigadores».

«No entiendo», dice Madison.

«Imagina que tienes un cuadro magnífico de procedencia cuestionable», explica Ted.

«¿Te refieres a un cuadro robado que alguien más robó alguna vez?», pregunta Madison.

«O tal vez un secreto comercial que tu empresa le robó a un competidor», sugiere Ted nuevamente.

«O fotos comprometedoras o cartas de amor», agregué. «Las posibilidades son ilimitadas».

«Pero notarás que, detrás de su apariencia cínica, Andrea es un romántico incorregible», bromea Ted.

Me encojo de hombros. Solo estoy siendo realista. Hay pocas cosas que pueden llevar a una persona a torturar a otros: el miedo, el amor y el dinero.

Cuando comencé a trabajar para Ted, imaginé que el dinero sería más el motor de las personas que componen su clientela. Dada su fortuna, creía que para ellos el dinero ya no podía ser una preocupación. Me equivoqué. Para algunos, demasiado todavía no es suficiente. Están inmersos en una carrera frenética cuya línea de meta se aleja a medida que avanzan. ¡Solo se calmarán una vez que estén muertos e incluso entonces, siempre que sean realmente los más ricos del cementerio!

«¿Es sólido el matrimonio Livingstone?», pregunto.

«Sí, llevan casados un cuarto de siglo. Ella cree que él es perfecto y él...», Ted suspira y extiende las manos, con las palmas hacia el cielo, «él, no creo que haya mirado a otra mujer desde que se conocieron».

«¿Niños?», pregunta Madison.

«Sí. ¿Por qué estás preguntando eso?», le dice Ted.

«Porque incluso con padres perfectos, los niños pueden hacer estupideces», responde sonriendo. «Estás en buena posición para saberlo».

Ted le sonríe afectuosamente y luego se dirige a ambos mientras se levanta.

«Tu idea no es mala, de los tres hijos de Livingstone quizás haya uno que se metió en problemas, y como conozco lo suficiente al hombre, digo que estaría dispuesto a hacer cualquier cosa para protegerlo», concluye Ted.

Ted camina hacia la puerta y luego se da vuelta para decirnos, «Manténganme informado, ¿de acuerdo?».

Sin darnos tiempo a responder, ya ha desaparecido.

La cajita de metal con el resto de los Amaretti de mi hermana también.

«¿Lo viste tomar la caja de galletas?», le pregunto a Madison.

Al darse cuenta de que efectivamente ya no hay ni la sombra de sus galletas, Madison se echa a reír.

«¡No, no vi nada! Es bueno que no haya decidido seguir una carrera criminal, porque la policía tendría que tener cuidado». Madison me sonríe y luego agrega, «Lo que real-mente me pregunto es cómo logra mantenerse en tan buena forma con todo lo que come. Supongo que es una cuestión de metabolismo».

«Sin duda», reflexiono.

Pero no es solo el metabolismo, también está la disciplina infernal y el entrenamiento loco al que se somete todos los días sin excepción. Por otro lado, él no tiene nada más que hacer con sus veladas desde que ella se fue...

«Pareces pensativo», comenta Madison.

«Sí, estaba pensando en Livingstone», le dije mintiendo descaradamente.

No me corresponde hablar de la vida privada de mi jefe o más bien de su absoluto vacío en ella.

«Ah, ¿sí?».

«No es para estar en contra tuya, pero, incluso para salvar el pellejo de uno de sus hijos, no lo veo torturando a un tipo. No es de los que se ensucian las manos, si hubiera querido silenciar a alguien que estaba poniendo en peligro a su familia, creo que habría recurrido a servicios de profesionales...».

«¿Te refieres a los servicios de *Riviera Security*?».

«Sí, sabe que Ted es capaz de hacer milagros».

«¡Pero, de todos modos, no incluye matar por sus clientes!», Madison protesta.

«Por los clientes, no».

Pero por su familia, no hay duda.

Como Ken, Jimmy y yo.

La pregunta ahora es si fue Livingstone quien nos ocultó algo y si él también haría algo para evitar que ese 'algo' salga a la luz.

15

MADISON

«¿Crees que el asesinato tiene algo que ver con nuestro cliente?», le pregunto a Andrea.

Se pasa una mano por el pelo y suspira al contestarme, «Espero que no, pero es una posibilidad que no podemos dejar de lado del todo».

«¿Conoces bien a ese Livingstone?».

«Sí y no. Es uno de nuestros clientes más importantes, lo he visto muchas veces, pero nunca conoces realmente a las personas, especialmente cuando tienes una relación profesional con ellas».

Solo asiento con la cabeza. Sin embargo, me pasa por la mente otra pregunta, y como Andrea hoy parece bastante hablador, aprovecho para planteársela. Después de todo, ¿no me animó ayer mismo a hacer todas las preguntas que tenía?

«¿Andrea? Estaba pensando... este asesinato, ¿la policía lo va a investigar?».

Él asiente y me mira con el aire de quien entendió que mi pregunta no terminaba ahí. Tiene razón.

«Sin embargo, tengo la impresión de que Ted y tú no

tienen la intención de dejar este asunto sin meter las narices en él, ¿me equivoco?».

Una leve sonrisa aparece en los labios de Andrea.

«Creo que nos has comprendido bien, o al menos que conoces bien al jefe».

«Pero, ¿por qué importaría saber quién mató al peluquero? Después de todo, él no es el cliente».

«No, pero tiene un vínculo con nuestro cliente. Una cosa que aprenderás al trabajar con él profesionalmente es que Ted no deja nada al azar. Especialmente si pudiera comprometer la seguridad de un cliente que confía en nosotros».

«Ya veo».

Andrea mira su reloj y luego me mira a mí. Siento que está en un dilema, así que se lo pongo más fácil.

«Adelante si tienes cosas que hacer. Me las arreglaré bien por mi cuenta».

Tiene la delicadeza de no insistir, de no preguntarme si tengo ganas de quedarme sola. Sin embargo, cuando abre la puerta, se vuelve hacia mí.

«Si… si tienes el más mínimo problema no dudes en llamarme, estoy al otro lado del pasillo. Voy a trabajar aquí esta noche».

«Todo estará bien, gracias».

Mis palabras no solo están ahí para tranquilizarlo, sino que realmente creo en ellas. Ya pasó el momento en que me sentí desestabilizada por los acontecimientos del día. Ahora podré poner en práctica mi plan inicial, menos el helado de vainilla y nueces, porque después de probar los Amaretti de la hermana de Andrea, ya no tengo mucha hambre. Así que me recuesto en mi sofá y enciendo la televisión. Devoro uno tras otro de los episodios de una serie que amo.

Al comienzo de la tarde, después de calcular la diferencia

horaria, llamo a Miranda, mi mejor amiga. La escucho contarme sobre el último chico que hizo que se enamorara de él. Un chico llamado Josh que trabaja en el café al que solíamos ir después de nuestras clases en el Community College. Esta historia automáticamente me hace pensar en Andrea y en el café que logró conseguirme solo porque me hacía feliz. Realmente me está costando entender a este hombre. En un momento es adorable para mí y al siguiente me mira como si yo fuera quien trajo la plaga a Europa. Es realmente desconcertante.

«¿Y tú, Madison? ¿No tienes nada que contarme?».

Por un momento, estaría muy tentada de contarle mi día, el cadáver que me encontré, pero desisto. Miranda está tan lejos de todo eso. No creo que ella me creyera. Yo misma, hace apenas unos meses, era como ella. Inocente. Una joven cuya única preocupación era saber a qué próxima fiesta iría, o qué color de esmalte se iba a aplicar en las uñas de los pies. En cierto modo, le envidio esa despreocupación que tiene y que Arkady me robó. Pero, por otro lado, no puedo evitar pensar que, aunque esta experiencia fue un tanto traumática, me permitió abrir los ojos y crecer más rápido.

Miranda refunfuña en la línea, «Llevas al menos dos meses en Francia, ¿no me vas a hacer creer que no has conocido a nadie?».

De repente, el rostro de Andrea aparece en mi mente, pero inmediatamente aparto la imagen.

Suspiro. «He estado muy ocupada, Miranda. Y he conocido gente. Ya te he hablado de mis colegas, Steve, James, Nathan. Son súper simpáticos, seguro que te llevarías muy bien con Nathan, su mirada geek te enamoraría».

«Pero, ¿tú no?».

«Yo…».

«Oh sí, lo olvidé», dice con sarcasmo, «prefieres adorar a Ted como a un ídolo, cuando él ni siquiera te mira».

«Él vino hace un momento», respondo.

«Y…».

«Fue como siempre».

«¿Sexy y misterioso hasta el punto de dejarte sin aliento?».

Su respuesta me hace gracia, pero me doy cuenta de que si hubiera sido cierta hace unas semanas, ahora ya no lo parece.

«Me alegré de verlo, pero…».

«Pero, ¿qué?».

«Pero creo que es hora de seguir adelante, Ted nunca me mirará como yo quiero que me mire».

Miranda permanece en silencio por un momento, como sorprendida por mi declaración. Yo misma dejo que esas palabras se asimilen y me doy cuenta de que suenan verdaderas. Miranda finalmente responde, «Pues bien, si Ted ya no es relevante, ¿qué esperas para salir a cazar? ¡Ponte una minifalda y vete de antro! ¡Estás en Saint-Tropez, maldita sea! ¡¿Debe haber uno o dos millonarios atractivos por ahí?! Quizás incluso uno con un barco. Dime que si te conviertes en la novia de un millonario, ¿prometerás invitarme a tu yate?».

Me río de la imaginación desbordante de mi mejor amiga. Hablamos unos minutos más de todo y de nada. No es muy tarde cuando cuelgo, pero estoy exhausta. Entonces, decido hacer todo lo contrario de lo que ella me aconsejó y vuelvo a mi habitación para acostarme.

Me duermo rápidamente y mi noche debería permanecer tranquila.

Bueno, eso era cierto en teoría, hasta que un ruido me despierta.

16

ANDREA

Dormitando en mi sofá, me despierto sobresaltado cuando alguien llama a la puerta.

Echo un vistazo a mi reloj, es más de medianoche.

¿Quién podría estar haciendo tanto ruido a estas horas?

Solo hay una forma de averiguarlo. Me pongo de pie y cojeo hacia la puerta. Antes incluso de mirar por la mirilla, identifico a mi visitante por la voz que repite incansablemente mi nombre.

«Soy Lucia».

Algunas personas piensan que ser gemelos es genial. Tienen razón y están equivocados al mismo tiempo. Razón, porque, sin que yo pueda explicarlo jamás, existe una cercanía increíble entre dos personas que han compartido su espacio vital desde el momento en que fueron concebidos. Mal, porque desde cierto punto distanciarse de la familia puede resultar liberador. Sí, pero el problema es que Lucia no quiere ser liberada. Ella todavía está enojada conmigo por haber dejado el capullo familiar y negarme a mudarme con ella. Para mi gemela, mi deseo de independencia es una afrenta inconcebible.

Cuando llego a mi puerta, Madison ya ha abierto la suya. Lleva una camiseta diez veces más grande para ella, probablemente robada a Ted, y su cabello está desordenado, como si acabara de despertar de un sueño intranquilo. Natural y recién levantada de la cama, es aún más hermosa. Con la mano en la boca, oculta un bostezo. Pobrecita, después del día que acababa de tener, realmente no necesitaba que la despertaran repentinamente en medio de la noche.

«¿Estás bien?» le pregunta amablemente a Lucia.

«¡Si te preguntan, dirás que no sabes nada!», responde mi hermana que apesta a alcohol.

«Lo siento», le digo a Madison, empujando a Lucia a mi apartamento. «Creo que ha bebido un poco de alcohol».

«Pero, ¿por qué te disculpas? ¿Es ella tu nueva novia? ¿Has encontrado algo mejor para negarte a volver a vivir conmigo?», mi gemela gruñe.

Madison abre sus ojos muy sorprendidos y luego, sin darme tiempo a explicarle nada, se retira y cierra la puerta.

Hago lo mismo y me apoyo contra la pared para observar a mi hermana, que se ha dirigido hacia el armario donde guardo mis botellas.

«Lucia», digo, tratando de contener mi enojo.

Ella me ignora.

«Lucia, ¿puedes decirme qué te pasa?».

«Sabes lo que me está pasando», responde, volviéndose hacia mí, con una botella de Amaretto en una mano y una de Limoncello en la otra.

«¿Matteo?», sugiero, cruzando los dedos.

Cuando todo no sale exactamente como ella quiere,

Lucia culpa al mundo entero en general y a tres personas en particular.

La primera, es nuestra madre que no se comporta como la madre que idealiza. Estoy esperando impacientemente a que ella llegue a su turno, eso debería dejar las cosas claras. Debería tener cuidado con la reacción del karma. Si continúa siendo tan desagradable, ella también podría verse criando sola a media docena de niños.

Su segundo chivo expiatorio, soy yo. ¿Por qué? Por todo lo que pude haber hecho, dicho o incluso pensado, o dejado de hacer. Ya tuve la osadía de nacer diez minutos antes que ella... La lista es tan larga como un día sin pan.

La tercera persona es Matteo. Un santo. Mitad hombre, mitad boomerang. Desde sexto grado, cuanto más violentamente ella lo arroja, más fuerte regresa.

«¿Cómo lo sabes? ¿Te llamó?».

Lucia me lanza una mirada sospechosa.

Cautelosamente me abstengo de responderle que como Lucia y yo no hemos discutido desde hace dos días, solo tenía una probabilidad entre dos de equivocarme.

«Me voy a la cama», le digo. «Si quieres dormir aquí, hay sábanas limpias en la habitación de invitados y....».

«¿No quieres saber qué pasó?».

Sacudo la cabeza y corro hacia el baño, esperando que ella no me siga hasta mi habitación.

Un aseo veloz y un mensaje de texto para Matteo, solo para tranquilizarlo.

Un acto de solidaridad masculina para que no pase la noche buscándola.

Me quedo dormido preguntándome cómo sería vivir con una mujer que no le da mucha importancia a todo. Una mujer como Madison que, incluso cuando se derrumba ante su primer cadáver, no pierde la compostura.

Siete horas después, casi como nuevo, salgo de la ducha y encuentro a Lucia dormida, completamente vestida, en el sofá de la sala. Sobre la mesa, la botella de Limoncello está vacía. La de Amaretto ha desaparecido. ¿Debajo del sofá? La buscaré esta tarde.

Con una cobardía perfectamente asumida, recojo mis cosas y salgo sin hacer ningún ruido ni cerrar la puerta, solo para darle oportunidad de salir y evitar que se queme como una salchicha si hubiera un incendio en el edificio…

En el estacionamiento, según lo acordado, James me está esperando.

«Hola jefe», me dice cuando me subo al frente del auto. «¿Cómo estás?».

Respondo con un gruñido. Lo último de lo que quiero hablar es de la escena que Lucia hizo ayer frente a Madison. Debe pensar que vengo de una familia de bichos raros y no estaría del todo equivocada.

Suspiro, recordándome a mí mismo que realmente no importa lo que ella piense. Después de todo, ella es solo una pasante que se irá para terminar sus estudios en los Estados Unidos en uno o dos meses. Y, de todos modos, después de su desventura con Arkady, no estaría en condiciones de criticar las elecciones de vida de una de mis hermanas.

El único que tiene derecho a hacerlo soy yo.

«¿Sabes si Ted llamó a Livingstone?», me pregunta James.

«Tiene que hacerlo hoy».

«Debería estar feliz, después de todo nos tomó menos de veinticuatro horas tener en nuestras manos todo lo que le robaron».

James me mira y agrega, «Pero te digo que Livingstone todavía se quejará».

«Ah, ¿sí? ¿Por qué?».

«Primero, porque no va a recuperar sus cosas inmediatamente».

«Tienes razón, la policía querrá conservarlas durante un tiempo a efectos de la investigación».

«Luego, porque parece que no es tan fácil encontrar un buen peluquero».

Por el rabillo del ojo, James observa mi reacción. Es una sonrisa espontánea. Lo que más me gusta de este inglés es su humor inexpresivo.

«Me temo que la cosa no terminará ahí», comento.

«Sin duda, si fue él quien hizo una declaración incompleta», responde James, mostrándome que siguió el mismo razonamiento que Ted y yo y que sospecha que una de las víctimas ha guardado silencio sobre un botín comprometedor. Un artículo que alguien quería encontrar a cualquier precio.

«Pero también puede ser que el peluquero haya sido torturado por una historia completamente diferente y que estemos imaginando películas».

La única respuesta de James es un encogimiento de hombros.

No está del todo descartado, pero él no lo cree.

Yo tampoco.

«Con un poco de suerte, Livingstone se lo confiará a Ted», digo.

«Si no lo hace, ¿abandonamos el caso?», me pregunta James.

«Seguro».

Porque si no lo hace, no habrá más negocio para nosotros.

17

MADISON

Como cada mañana, preparo bebidas para todos mis compañeros en la sala de descanso. Luego, las distribuyo comenzando con Steve, quien siempre parece estar de buen humor, sin importar la hora del día. Continúo con James, quien como de costumbre, me felicita por mi atuendo; luego sigue Nathan, que me cuenta el último chiste geek que aprendió, que por supuesto no entiendo. Y algo me dice que no se debe a mi nivel de francés.

Esta vez, he agregado a Mai Lan a mi recorrido. La nueva recluta me agradece con una sonrisa educada. Le prometí a Andrea que me esforzaría y tengo la sensación de que ella recibió la misma instrucción.

Luego me dirijo hacia la oficina de Andrea. Llamo discretamente a la puerta para anunciar mi presencia y entro. Pero no es mi vecino de al lado a quien encuentro instalado detrás de la pantalla de una computadora de última generación.

«¿Ted? No sabía que estarías aquí».

El coloso de los brazos tatuados me sonríe y declara, «¿Supongo que ese delicioso café no es para mí?».

«Era de Andrea, pero como no parece estar presente, puede convertirse en tuyo».

«¿Ya lo endulzaste?».

«Sí».

Hace una mueca, pero aún así me tiende la mano para que le entregue la taza.

«No sé cómo consigue tragar semejante dosis de azúcar y no acabar diabético», se queja.

«Dijo el que se bebió una caja entera de Amaretti apenas ayer por la tarde...», me burlo.

«No puedo resistirme a los pasteles de Aria. Pero créeme, esta mañana me arrepentí cuando salí a correr».

Lo miro con escepticismo. El hombre tiene un cuerpo perfecto, lleno de músculos. Pero me viene a la mente la reflexión de Andrea, si puede permitirse el lujo de tragarse una tanda entera de pasteles es porque tiene una disciplina de hierro.

Una pregunta me quema la lengua, dudo en formularla. Luego me digo a mí misma que Ted no me lo reprochará.

«¿Conoces bien a la familia de Andrea?».

Ted deja escapar una pequeña risa.

«Si conoces un poco a Andrea, no puedes perderte a su familia. Siempre hay una hermana que aparece inesperadamente».

«Al parecer, no solo sus hermanas».

Ted levanta una ceja sorprendido y me hace un gesto para que continúe. Me siento un poco culpable por eso, tal vez no debería hablar de la vida privada de Andrea, después de todo, Ted sigue siendo su jefe.

«No es nada… es…».

Me pregunto cómo voy a salir de esta situación, cuando se abre la puerta en el momento de nuestra conversación.

Esta vez, estoy realmente avergonzada. ¡Ojalá no haya escuchado lo que le acabo de decir a Ted!

«¡Ah!», exclama nuestro jefe. «¡Este es precisamente el hombre del que estamos hablando!».

Gracias Ted, pero tendremos que ser más discretos.

Andrea nos interroga con la mirada, Ted aclara desde lo más profundo de sus pensamientos, «Estábamos hablando de la molesta costumbre de tus hermanas de seguirte a todas partes».

Andrea deja escapar un gemido.

«Y Madison me decía que no eran las únicas que te persiguen».

Esta vez estoy roja como un jitomate, estoy segura. Balbuceo, «No… bueno… yo…».

Pero Andrea me sonríe amablemente.

«Lo de anoche, lo siento», comienza.

Por el rabillo del ojo, veo a Ted fruncir el ceño. Y Andrea también debe notarlo, porque es a él a quien aclara, «Lucia apareció en medio de la noche y también despertó a Madison».

Ted se ríe y pregunta, «¡Ah! ¡La gemela malvada! Ella realmente no puede vivir sin ti, ¿verdad?».

Andrea suspira.

«Supongo que no».

¿Gemela?

«¿Era tu hermana gemela? ¡Pero no se parecen en nada!».

«No todos los gemelos son necesariamente idénticos», responde un poco aburrido.

Tengo la impresión de que no es la primera vez que le dicen esto.

«Verás», añade Ted a mi atención, «te dije que siempre hay una hermana que aparece inesperadamente».

Pienso en el desfile de mujeres jóvenes que conocí durante su convalecencia. ¿Podrían ser estas sus hermanas?

Estoy a punto de preguntar cuántas son exactamente, pero Andrea, que acaba de consultar su reloj, corta la conversación, «Livingstone llegará pronto, será mejor que nos preparemos para la reunión».

Entiendo que este es el momento en el que debo escabullirme. Entonces me dirijo hacia la puerta, pero Andrea me llama, «Lo recibiremos en la sala de reuniones, ¿puedes verificar que esté todo listo?».

Deja pasar un segundo y luego añade, «¿Por favor?».

Parece que mi pequeña lección de cortesía dio sus frutos. Entonces, asiento con una sonrisa y salgo de la habitación.

***

Unos minutos más tarde, un Jaguar llega al estacionamiento. He visto tantos coches así desde que llegué a la zona que ya ni siquiera me impresiona. Dos hombres salen del auto y entran a las instalaciones de *Riviera Security*. El mayor de los dos se presenta como el señor Livingstone, pero yo lo habría reconocido fácilmente. Primero, porque lo vi en una foto, segundo, porque tiene ese tipo de presencia que tiene la gente importante.

Alerto a Ted y Andrea de su presencia y luego me preparo para acompañarlo a la sala de reuniones.

Antes de seguirme, se vuelve hacia el hombre que lo acompaña.

«Espérame aquí, Scott, no tardaré».

Inmediatamente comprendo que es su hijo. En primer

lugar, porque parece una versión más joven del señor Livingstone, pero sobre todo porque, una vez más, hice los deberes. Scott es su hijo menor.

Este está a punto de protestar, lo puedo sentir. Luego su mirada pasa de mí a su padre, y acepta de mala gana, «Está bien, me quedaré aquí».

Acompaño al señor Livingstone a la sala de reuniones y lo dejo con Ted y Andrea. Luego vuelvo a mi puesto.

No llevo ni 30 segundos sentada cuando Scott Livingstone empieza a hablarme.

«¿Eres nueva? Nunca te he visto por aquí».

«¿Vienes a menudo a *Riviera Security*?», pregunto sorprendida.

«No, me refiero a Saint-Tropez. Aquí es un pueblo, siempre acabamos encontrándonos las mismas caras».

«Entonces, ¿supongo que sueles estar en la región?».

«Sí, me gusta pasar el verano aquí. Las fiestas son una locura, ¿no crees?», me pregunta.

Me encojo de hombros.

«Realmente no he tenido tiempo de salir, estoy muy ocupada con mi trabajo».

Es solo media mentira, no me atrevo a decirle eso de todos modos, dudo que frecuentamos los mismos lugares. Aunque no sepa quién es su padre, su apariencia grita, "tengo dinero". Solo el reloj que lleva en la muñeca debe valer más que todo mi guardarropa.

«¡Hay más en la vida que solo trabajo!», exclama. «¡No puedes pasar un verano en Saint-Tropez sin divertirte un poco! ¿Qué harás esta noche?».

Su pregunta me toma por sorpresa, por lo que no tengo respuesta.

«Bueno, eh...».

«He quedado con unos amigos para vernos en un bar en la playa. Se llama "*Giro*", solo tienes que venir, yo invito».

Me dedica una sonrisa tentadora. Estoy a punto de negarme, no sé realmente qué espera de mí. Parece muy amigable, pero no es realmente mi tipo con su polo de golf, pantalones plisados y mocasines. Pero por otro lado me viene a la mente el consejo de Miranda. No hay nada malo en divertirse un poco, ¿verdad? Después de todo, nada me dice que soy su tipo. Su propuesta es ciertamente puramente amable.

«Por favor, Madison», insiste.

De repente me pongo a la defensiva.

«¿Cómo sabes mi nombre?».

Scott se ríe y señala mi placa.

«Está escrito ahí mismo».

Me culpo un poco por mi reacción y me digo que veo el mal en todas partes. Entonces, bajo la guardia y acepto su propuesta.

«¡Excelente! ¿Debería pasar por ti alrededor de las 8?», me pregunta.

«Preferiría que nos encontráramos directamente allí».

Parece un poco sorprendido, supongo que tiene un montón de autos de lujo a su disposición en los que a las chicas les debe encantar viajar. Pero aprendí la lección, hay que tener cuidado con las cosas que brillan... Prefiero tener mi independencia, por si la velada da un giro que no me conviene.

«De acuerdo, como quieras».

En ese momento, el señor Livingstone entra a la sala de recepción, flanqueado por Andrea y Ted. Intercambian apretones de manos. Nuestro cliente se despide de mi con un movimiento de cabeza y se dirige hacia la salida. Su hijo hace lo mismo, como un cachorro amigable y bien educado. Pero antes de cruzar la puerta, se vuelve hacia mí y dice, «¡Nos vemos esta noche, Madison!».

Respondo con una sonrisa, pero cuando giro la cabeza, me enfrento a dos pares de ojos enfocados en mí, uno color océano, el otro color café. Sin embargo, tienen una cosa en común: parecen molestos.

18

ANDREA

«¿Qué carajo?», estalla Ted tan pronto como la puerta se cierra detrás de los Livingstone.

Los ojos de Madison se abren y me siento dividida entre dos sentimientos encontrados. Por un lado, quiero protegerla del enojo del jefe y por otro, estoy seriamente tentado de agregar otra capa y añadir la mía.

No, pero ¿qué la impulsó a aceptar salir con el hijo de un cliente? Si quiere irse de fiesta un poco, ¡puede pedirle a cualquier miembro del equipo que la acompañe!

«No entiendo», dice Madison, enderezándose en su asiento con un aire de virtud indignación. «¿No dijimos anoche que necesitábamos conocer más sobre la familia Livingstone? Scott me invitó amablemente esta noche a tomar una copa con él y sus amigos en *"Giro"*. Pensé que esta sería la oportunidad perfecta para recopilar información».

La ira de Ted disminuye como un susurro, pero la mía no.

«De ninguna manera irás sola», le digo

«Estás bromeando?», Madison protesta. «No creas que vas a venir conmigo».

«No, pero podrías ir con una amiga», dijo Mai Lan, quien entra en la habitación con tanta discreción que ni siquiera noté su presencia. «Esto nos daría la oportunidad de conocernos».

Madison frunce el ceño, pero no tiene tiempo de responder antes de que Ted valide la propuesta.

«Excelente idea», dice con aire satisfecho. «Scott podrá presumir ante sus amigos de haber invitado a las dos chicas más guapas de la noche, estoy seguro».

Se vuelve hacia Mai Lan y le extiende la mano. «Un placer conocerte».

Ted me mira y, sin entender el motivo de mi mirada molesta, me suelta otra retahíla sobre su concepción de lo políticamente correcto.

«¿Qué? ¿No vas a decirme otra vez que no tengo derecho a decirle a la nueva recluta que es una mujer bonita? Sé perfectamente que la contrataste por sus cualidades profesionales y por recomendación de sus supervisores, y que sin duda también lo hubieras hecho si fuera fea como para abortar una camada de ratas, pero bueno, ese no es el caso, así que aprovechémoslo al máximo, ¿no?».

Levanto mis brazos en señal de rendición.

Cuando Ted monta uno de sus caballos de guerra favoritos, no tiene sentido intentar razonar con él.

De hecho, me alegro de que Madison no vaya sola a su cita con Scott. Lo que me molesta es que las dos chicas del equipo se lleven como perros y gatos.

«Está bien, eso es algo bueno», dice Ted. «Me vuelvo a Mónaco».

Da tres pasos y luego se da vuelta para agregar, «"*Giro*" está en la playa, pero sigue siendo un club súper chic, así que tendrán que esforzarse al máximo. Andrea, les das la tarjeta de crédito de la agencia para que vayan a comprarse un conjunto adecuado para esta noche».

«¿Un conjunto es un vestido y zapatos?», Madison pregunta con una falsa sonrisa inocente.

En lugar de ofenderse, Ted se echa a reír.

«Sí, zapatos y hasta un bonito bolso», responde. «Aprovéchenlo chicas, con lo que cobramos a Livingstone, la empresa tiene los medios para permitírselo».

La puerta se cierra detrás de él y Madison se vuelve hacia Mai Lan.

«¿Tienes idea de alguna tienda?», ella le pregunta. «Porque yo, en la zona, no conozco nada más que la oficina, el catering de enfrente y el camino a mi estudio».

«No te preocupes, sé exactamente a dónde ir», le dice Mai Lan con una mirada de complicidad.

Una vez más, Ted demostró su genialidad.

Sin lugar a dudas, es un as en la psicología femenina.

En un abrir y cerrar de ojos, logró un milagro: crear un vínculo entre estas dos que habían comenzado con el pie izquierdo.

«Está bien, esa no es toda la historia, pero tenemos trabajo que hacer», digo, dándoles la espalda y regresando a mi oficina.

«Antes de que te vayas, tengo algo que preguntarte», me dice Mai Lan.

«Adelante, te escucho», digo, colocando una nalga en el escritorio de Madison para aliviar un poco la molestia de mi pierna.

«Bueno, se trata del expediente de Madame Leroux», comienza.

Me dirijo a Madison para explicarle de qué se trata, «Es la conserje de nuestro edificio que acaba de perder a su marido y que tiene un problema con una compañía de seguros».

«Sí, la conozco, es una mujer adorable», me confirma Madison.

Mai Lan continúa, «Ahí lo tienes, volví el hilo del ovillo empezando por los papeles que encontró y que demostraban que el depósito inicial del contrato de seguro de vida de su marido se había realizado en 1958 con una compañía que respondía con el dulce nombre de *"La Benevolencia"*. Esta empresa ha desaparecido, pero ese no es el problema. Todos sus contratos fueron adquiridos como parte de diversas operaciones de fusiones y adquisiciones».

Asiento para invitarla a continuar.

«Logré encontrar la empresa que tenía los fondos».

«Has hecho la mayor parte del trabajo, el resto son solo una o dos cartas certificadas», le digo.

«Eso también es lo que pensaba, pero en realidad no es así», responde Mai Lan, molesta. «Hoy, terminé hablando por teléfono con un gerente de departamento y recibí una negativa. Me dijo que mientras no le diera el número de contrato, lo sentía, pero no podía hacer nada por la pobre señora Leroux».

«Bien, entonces una de las reglas básicas de la profesión es…».

«Cuando te cierran la puerta en la cara, entras por la ventana», remata imitando a la perfección la voz de uno de los profesores de nuestra universidad. «Pero no encontré una apertura…».

«Siempre hay una. Síganme», les dije levantándome y tomando el expediente que Mai Lan había dejado sobre la mesa. «¿Cuál es el negocio de las aseguradoras?», pregunto.

«Eso es fácil», responde Madison. «Incluso yo lo sé, te quitan el dinero haciéndote buenas promesas».

«Es un poco caricaturesco, pero sí, su objetivo es que firmes contratos», dije sentándome en mi escritorio. «Déjenme mostrarles qué hacer en esos casos».

Mientras las chicas toman asiento en las dos sillas frente a mi escritorio, marco el número de teléfono de la compañía de seguros, ocultando mi propio número. Cuando contesta el operador, me tapo la nariz y con voz de falsete pido hablar con el departamento comercial.

Mai Lan frunce el ceño y sacude la cabeza como para decirme que estoy pidiendo el servicio equivocado. Tiene razón, pero es porque aún no ha entendido lo que voy a hacer.

«Hola señor», digo, conservando lo que podría ser la voz de una anciana con sinusitis severa. «Soy la señora Martine Leroux y le llamo porque mi marido acaba de perder a su hermano que nos dejó una pequeña suma».

«Mi más sentido pésame para usted y su marido», respondió el vendedor.

«Gracias muy amable. Llamo porque Roland y yo nos preguntábamos qué íbamos a hacer con ese dinero, y fue entonces cuando recordó que hacía mucho tiempo había abierto un contrato de seguro de vida con La Benevolencia. Después de buscar en Internet, descubrimos que hoy La Benevolencia son ustedes, ¿verdad?».

Sin darle tiempo a responder, continúo.

«Pues ahí lo tiene, Roland y yo hemos decidido sumar los doscientos mil euros que acabamos de heredar al capital que hemos invertido con ustedes, pero tenemos un pequeño problema».

«¿Un problema? Cuéntemelo todo, ¿en qué puedo ayudarla?».

La voz del vendedor es tan dulce que siento como si el teléfono se me pegara a los dedos.

«Bueno, verá, es un poco vergonzoso, pero Roland no recuerda qué hizo con el contrato. Por eso lo llamo yo y no él. Creo que está un poco avergonzado».

«No debería, todo el mundo extravía los papeles».

«Eso es lo que intento decirle, sobre todo porque ustedes, con todas sus computadoras y su organización, estoy segura de que podrán encontrarnos el número de contrato y explicarnos cómo enviarles nuestro nuevo depósito, ¿verdad?».

«Por supuesto», me dice aún más meloso. «Sin embargo, antes de eso necesitaré algunas referencias».

Durante los siguientes minutos respondo a las preguntas de mi interlocutor utilizando la información recogida por Mai Lan en el expediente y luego me pone en espera.

Frente a mí, Mai Lan y Madison se arrastran en silencio en sus asientos hasta que el representante de ventas vuelve a la línea y me entrega con orgullo las credenciales que necesitamos.

Después de darle las gracias calurosamente y anunciarle que le enviarían un cheque durante el día, colgué y le entregué a Mai Lan el expediente en el que anoté el número del contrato.

«Ahí tienes», le digo. «Siempre hay una ventana por la que puedes deslizarte. Y ahora sí, tengo trabajo que hacer».

Cuando salen de mi oficina, Madison se gira para darme una mirada extraña.

Una mirada de admiración.

Es un poco como si me estuviera viendo por primera vez.

Admito que esto no me desagrada.

19

MADISON

Amo ir de compras. ¡Pero comprar cuando alguien más paga es aún mejor! Y, sorprendentemente, la compañía no es desagradable.

Definitivamente juzgué a Mai Lan demasiado rápido. Quizás ella no sea la plaga insoportable que pensé que era. De hecho, incluso fue muy amable conmigo esta tarde. Los vendedores de la tienda a la que me llevó debieron pensar que éramos mejores amigas. La diferencia fue que mientras mi colega parecía muy cómoda en el ambiente acogedor del lugar, yo por mi parte tenía la impresión de ser un elefante en una tienda de objetos de porcelana. Después de todo, es la primera vez que voy a un lugar donde la vendedora permanece apostada al lado del probador, no para comprobar si estoy robando artículos, sino para responder a mi más mínimo deseo. Pero Mai Lan insistió. No íbamos a llegar al "*Giro*", sin un atuendo deslumbrante. Aparentemente, ir *vestida de manera común*, no es la mejor manera de hacerse notar… y no necesariamente en el buen sentido.

Después de la sesión de compras, sugirió que fuéramos a su casa para prepararnos. Yo acepté. Me doy cuenta de que estas pocas horas entre chicas no me desagradan. He estado rodeado de chicos durante meses y, aunque estoy acostumbrada a Ken y sus compañeros del ejército, es bueno hablar con alguien que posee más de tres pares de zapatos. Además, la colección que vi en su armario me puso verde de celos.

Un poco antes de las 8 de la noche, ya estamos listas. Mai Lan luce sublime con su vestido rojo que resalta los tonos dorados de su piel. Se podría pensar que salió directamente de una película de acción: la belleza asiática que ciega a los hombres con su encanto, cuando en realidad es una espía formidable.

En cuanto a mi atuendo, mi colega me convenció de comprarme un pequeño vestido negro. "Pequeño" tiene sentido, considerando la poca tela que llevo. La falda es muy corta y mi espalda está completamente desnuda, en cuanto al escote... no estaba segura de tener las agallas para usarla en otro lugar que no fuera la tienda. Pero Mai Lan y los vendedores, aunque seguramente quedaron convencidos principalmente por el precio que figuraba en la etiqueta, me aseguraron que me sentaba perfectamente. Sin embargo, cuando llegó el momento de partir, ya no estaba tan segura.

Subimos al coche de Mai Lan en dirección a Ramatuelle y la playa de Pampelonne. Después de una búsqueda rápida en Internet, descubrí que "*Giro*" es una de las legendarias playas privadas de la zona, donde a los ricos y famosos les gusta ir de fiesta.

Una vez allí, Mai Lan deja su coche con el valet. Cuando le señalo que perfectamente podríamos haber dejado el auto en el estacionamiento situado a cien metros de distancia y haber caminado un poco, ella responde, «En Roma hay que actuar como los romanos. No lo olvides esta noche, si quieres pasar desapercibida. Si alguien te sugiere que te des una ducha con champán, hazlo con gusto. Solo asegúrate de que sea el joven Livingstone quien pague, o uno de sus amigos. Ted parece agradable, pero soy nueva en la empresa y no me gustaría que mi primer informe de gastos se convirtiera en un reporte».

Teniendo en cuenta lo que he observado en los últimos meses, se necesitaría mucho champán para superar los costos en los que Ted pudo haber incurrido en determinadas misiones. Pero entiendo lo que quiere decir mi colega.

Cruzamos las puertas del establecimiento, y no tenemos tiempo de presentarnos a quien recibe en la puerta, porque Scott ya está delante de nosotras. Parece que estaba esperando nuestra llegada.

«¡Has venido!», exclama como si hubiera estado convencido de que le iba a fallar.

Se acerca a mí y me da un beso francés. Ya estoy acostumbrada a este ejercicio, pero solo aprecio moderadamente el hecho de que coloque sus manos sobre mis hombros desnudos. Da un paso atrás y sus ojos me escanean de pies a cabeza; si creo en su brillo, a él le gusta lo que ve. Pero su mirada me incomoda, así que para que centre su atención en otra persona le digo, «Esta es mi amiga, Mai Lan».

Scott la saluda, intercambia un beso con ella también, pero sin tocarla.

«Vengan, las presentaré a los demás».

Coloca su mano en mi espalda para acompañarme, pero probablemente sintiendo que me estoy tensando, la retira de inmediato.

Atravesamos una terraza en la que están dispuestas mesas de teca, con sillas con cojines blancos. Por todas partes, las velas comienzan a parpadear a medida que la noche avanza. La decoración consigue la proeza de ser relajada y chic al mismo tiempo. Seguimos unos metros más, hasta llegar a unos sofás blancos instalados en la arena y organizados alrededor de mesas bajas sobre las que ya se encuentran cubos llenos de botellas de champán. Reconozco la marca, es la que le gustaba a Arkady. A donde quiera que me llevaba, siempre pedía esta. Un escalofrío desagradable recorre mi espalda.

«¿Madison?».

Es Scott hablándome y me doy cuenta de que estaba perdida en mis pensamientos. Le sonrío

«Disculpa».

No me lo reprocha y comienza a presentarme a sus amigos. Todos tienen aproximadamente mi edad y rápidamente me doy cuenta de que todos deben ser como Scott. Nacieron con una cuchara de plata en la boca. Realmente siento que no pertenezco, pero cuando veo a Mai Lan actuar con confianza, me digo a mí misma que tengo que superarlo. Así que acepto la copa de champán que me entregan y me siento en uno de los sofás. Un segundo después, Scott se sienta a mi lado. Extiende su brazo detrás de mi espalda y lo apoya sobre los cojines. No me toca, pero el mensaje es claro. Este gesto significa: propiedad privada. Intento no prestar demasiada atención y, afortunadamente, la joven morena a mi lado inicia una conversación.

Es una auténtica parlanchina, después de unos diez minutos ya sé casi todo sobre su vida, mientras que ella apenas sabe mi nombre. Hija de un empresario mexicano, se llama Eva y comparte sus veranos entre Saint-Tropez e Ibiza, donde su padre adinerado posee propiedades. Me entero de que conoce a Scott desde la infancia, porque su hermana asistió a la misma escuela privada que ella en Londres. Cuando finalmente me hace una pregunta, dice: «¿Y tú? ¿Tus padres también tienen una villa en la zona?».

Dejé escapar una pequeña risa nerviosa.

«No, nada de eso. Trabajo en Saint-Tropez».

Ella parpadea, tal vez preguntándose si estoy bromeando,

pero al ver mi mirada seria, declara, «¡Oh! ¡Es genial! ¿Y en qué trabajas? Déjame adivinar…».

Ella finge pensar y luego dice, «¡Lo sé, eres vendedora en Dior!».

«No», respondo divertida.

«¿Chanel?».

Esta vez, sacudo la cabeza y me río.

«No, nada tan glamoroso. Trabajo para *Riviera Security*, nos dedicamos a la seguridad».

Ella parece un poco decepcionada por esta respuesta, ¿quizás esperaba encontrarme en una de sus tiendas favoritas?

«Supongo que tienen bastante trabajo por aquí. Con todas las villas y gente rica que necesita una seguridad».

«Sí, no paramos. Y con la reciente ola de robos, nuestros días han estado ocupados».

Juraría que su sonrisa se desvanece ligeramente.

«Sí, me enteré. Y a varios de mis amigos que están aquí esta noche les han robado artículos de sus casas».

«Ah, ¿sí? ¿A quiénes?».

Temo por un momento que mi pregunta sea demasiado directa y que mi nueva amiga sospeche de algo. Pero parece demasiado feliz de revelarme este chisme como para prestarle atención. Ella me señala por turno a algunas personas alrededor de la mesa y me explica los robos que se cometieron en sus casas. Luego la dejo continuar la conversación en la dirección que desee, para no despertar sus sospechas.

Unos minutos más tarde, un recién llegado se une a nuestro pequeño grupo. En cuanto lo ven, Scott y Eva se levantan para saludarlo. Me siento obligada a hacer lo mismo. El hombre se acerca a Scott, intercambia un abrazo con él y le da una palmada en la espalda, como a veces les gusta hacer a los chicos. Pero como estoy justo al lado, también puedo escuchar las palabras que intercambian.

«Nuestro problema está solucionado, amigo mío», declara el que aún no conozco.

Scott se pone rígido y mira nerviosamente en mi dirección, llamando la atención de su amigo hacia mí.

«Brian, ella es Madison. Trabaja en *Riviera Security*».

Brian parece sorprendido por esta información, pero sobre todo no parece hacerlo feliz. Él mira a Scott y siento que aumenta la tensión. Por eso digo, «Los dejo un momento, voy a retocarme».

Rezo en silencio para que Eva no se ofrezca a acompañarme. Nunca he entendido esa obsesión que tienen las mujeres de ir siempre en grupo al baño. Pero, afortunadamente, cuando miro en su dirección, veo que está mirando a Brian con ojos que gritan adoración.

Bien, no creo arriesgar mucho si apuesto a que ella está enamorada de él y que todo podría derrumbarse a nuestro alrededor y ella no vería nada.

Dejo nuestra mesa, Mai Lan me lanza una mirada inquisitiva, pero le hago una discreta señal de que no hay problema. Estoy pensando en llamar a Andrea y compartir a ambos mi información, pero es mejor que ella se quede quieta y trate de poner algo de su lado también.

Decido ir al otro lado del establecimiento, donde puedo encontrar más fácilmente un rincón tranquilo. Pero para eso tengo que cruzar la pista de baile.

Me abro paso entre los cuerpos que se balancean. Algunos hombres me miran con lujuria, supongo que es el vestido el que provoca eso. Pero en lugar de halagarme, me molesta.

Estoy casi donde quiero llegar, cuando de repente una mano me agarra del brazo y me jala hacia atrás.

20

ANDREA

«Madison, soy yo», digo, esquivando apenas una patada que habría sido formidable si hubiera dado en el blanco.

«¡Pero qué demonios!», exclama reconociéndome.

Mira a su alrededor para asegurarse de que nadie haya notado nada, pero en medio de la pista de baile nadie presta atención. Todos están perdidos en su propio mundo. Dado el nivel de ruido, no habría posibilidad, podría gritar como loca sin que nadie la oyera. Sin embargo, en voz baja añade, «¡Estás loco por asustarme así! ¿Te das cuenta de que pude haber roto tu pierna?».

Ella me mira como si fuera un niño al que han pillado haciendo algo realmente estúpido, y luego me hierve la sangre, en lugar de disculparme, exploto.

«¡Exactamente, ese es el problema! No me viste venir. ¡No ves nada venir! ¡No tienes nada que hacer en el campo, mientras no tengas la formación básica para garantizar tu propia seguridad! Te das cuenta de que aquí no jugamos con aficionados, un tipo fue torturado y luego asesinado...».

Ella pone los ojos en blanco y entonces tengo muchas ganas de estrangularla.

¿Pero qué he hecho yo para estar rodeado de mujeres así?

Sin embargo, le había dado instrucciones claras a Mai Lan. Debían trabajar en equipo. Y hacerlo así no significaría dejar que tu compañera deambule solo por territorio enemigo. Y no, no estoy siendo dramático, estoy siendo realista. No enviamos civiles al frente, especialmente cuando no están armados para afrontar el peligro.

«¿Has terminado?», ella me pregunta. «Porque en realidad iba al baño a llamarte y decirte que creo que tengo algo».

«Ah, ¿sí?».

Mi tono es más tranquilo, pero mi ira no ha disminuido.

«Sí, por un tiempo imaginé que podías respetar mi trabajo y tomarlo en serio. ¡Qué idiota soy!».

Ella niega con la cabeza y creo ver lágrimas brotando de sus ojos.

Y, mierda.

Sin siquiera pensarlo, la agarro para abrazarla.

Nunca soportaría ver llorar a una mujer.

«Lo siento», le susurro al oído. «Grité porque tenía miedo por ti. Nunca pensé que no fueras lo suficientemente inteligente para hacer el trabajo, al contrario, creo que serías una excelente investigadora, tienes unos instintos increíbles. Si te pongo obstáculos es porque tienes que aprender el oficio antes de dar el paso. E incluso con experiencia, solo en las películas del cine negro los detectives trabajan solos.

Madison me mira y duda.

«¿Realmente, lo dices en serio?».

Su pregunta me hace sonreír.

«¿Qué crees tú? Eres lo suficientemente observadora

como para saber que soy más del tipo que dispara primero y explica después. Las grandes mentiras no son lo mío».

Ella frunce el ceño y puedo decir que está pensando en la llamada de esta mañana. Sacudo la cabeza y digo, «No es lo mismo. En este caso, la compañía de seguros fue un obstáculo a superar. No les miento a los miembros de mi equipo».

Ella resopla un poco y luego me da una sonrisa triste.

Le pongo una mano en la cara y le limpio las lágrimas de los ojos con el pulgar. Mi mirada cae sobre sus labios, luego me recompongo. Cedo al impulso de besarla, pero me conformo con un casto beso en su frente.

«Lo siento», le digo. «No quise hacerte llorar».

Ella asiente y apoya su cabeza en mi hombro. Lentamente, comenzamos a balancearnos con la música. Nuestro ritmo es mucho más lento que el de los bailarines que nos rodean. Aquí estoy de nuevo, poniéndome mi disfraz de consolador, un disfraz que normalmente me sienta muy bien. Ya lo he usado miles de veces con mis hermanas. Excepto que aquí mi reacción es todo menos fraternal...

«Hay en el grupo un chico que me parece sospechoso», me dice, levantando la cabeza hacia mí sin soltarme de los brazos. «Su nombre es Brian, y en cuanto llegó, Scott fue insistente en decirle que yo trabajo en *Riviera Security*».

«¿Qué quieres decir con insistente?».

«Bueno, con los demás solo dijo algo como *esta es Madison*, pero con Brian fue diferente, inmediatamente agregó que *trabajaba para Riviera Security*, como si tuviera que tener cuidado con lo que dijera delante de mí».

«Entiendo», lo digo pensativo.

«Pero cuando llegó, comenzó anunciando: "*nuestro problema está resuelto*". ¿Crees que el problema se refiere al peluquero?».

«No lo podemos descartar, pero recordemos que estas personas no viven en el mismo planeta que nosotros. Un problema para ellas podría ser que su manicurista fue tan arrogante como para no trabajar el día que se rompieron una uña, o que el repartidor que debía llegar al mediodía, llegó a las 6 de la tarde y fue culpa suya que no hubieran tenido tiempo de enfriar la champaña para servirla a la temperatura adecuada durante la noche».

Madison se echa a reír.

«Tienes razón. Parecen simpáticos, pero creo que están un poco desubicados. Cuando una de las amigas de Scott intentó adivinar a qué me dedicaba, supuso que era vendedora de Dior o Chanel. ¿Lo puedes creer?».

«Eso no me sorprende, tienes suficiente clase para trabajar en cualquiera de las boutiques de lujo de Saint-Tropez».

Madison se sonroja, pero no baja la mirada.

«Eres una de las afortunadas que tiene muchas opciones para elegir. Eres hermosa, eres inteligente. En la práctica, la única dificultad real a la que te enfrentarás será la de elegir, porque elegir...».

Madison me interrumpe colocando sus labios sobre los míos.

Antes de que tenga tiempo de reaccionar, ella da dos pasos hacia atrás y corre hacia la playa. Ella se da vuelta para decirme, «Prometo seguir con Mai Lan. No te preocupes por mí. No correré riesgos innecesarios, he aprendido la lección».

Y yo también aprendí bien la mía.

Ted me dejó claro que no debería pasarle nada. Pero no necesitaba decirme nada al respecto.

Madison está bajo mi protección y es muy probable que de quien más deba desconfiar sea de mí.

21

MADISON

«¿Cómo estás? ¿Dónde has estado?». Scott me pregunta, mientras me uno al grupo.

«En el baño», respondí rápidamente, esperando que no me hiciera más preguntas.

Subrayo mi frase con una sonrisa y él parece no ver nada más que fuego.

«Toma, prueba esta bebida nueva».

Me entrega una flauta y brinda conmigo. Luego se vuelve hacia sus amigos y su mano se desliza por mi espalda. Mi corazón se acelera, pero no es por culpa de Scott. Es más bien gracias a cierto chico de cabello oscuro que acabo de conocer en la pista de baile. El mismo que hace apenas un minuto me tenía entre sus brazos. Todavía puedo sentir el calor de su palma en la parte baja de mi espalda.

No sé qué me impulsó a besarlo. Por supuesto, es solo un pequeño beso inocente, apenas un toque de labios, pero aun así acabo de besar a mi jefe...

Jefe que no deja de despertar en mí emociones contradictorias. Un segundo quiero darle una bofetada, y al siguiente...

Algunas personas pensarían que tengo la consistencia de una veleta y probablemente tendrían razón. Andrea representa todo lo que odio en un hombre: es un macho, me considera una tonta incapaz de protegerse, no confía en mí. Y, sin embargo, creo que lo que me atrae es su lado sobreprotector. Desde que supe que estaba aquí, en *Giro*, me siento más ligera. Scott puede intentar su acto de encantamiento, estoy consciente de que no estoy arriesgando nada, porque en algún lugar de las sombras, Andrea cuida mi espalda.

La velada está en pleno apogeo, Scott y sus amigos piden botellas de champán. Tantas que perdí la cuenta. Lo único que aún recuerdo es el número de copas que he tomado: cero.

¿Cómo logré esta hazaña, cuando constantemente me estaban sirviendo? Tengo un gran aliado: una magnífica maceta con una palmera situada detrás de mí que ha recibido periódicamente su dosis de champán desde el inicio de la fiesta. Supongo que, dado dónde se encuentra, ésta no es su primera noche de borrachera. Debo a toda costa mantener mis pensamientos claros, no se trata de que el alcohol me nuble la mente. No quiero revivir el sentimiento de impotencia que experimenté cuando estaba bajo la influencia de las drogas de Arkady.

Estoy intentando lo mejor que puedo conocer a todos los amigos de Scott. No olvido que Eva me dijo que la mayoría vive en las casas que han sido asaltadas en las últimas semanas. Tal vez sea solo una coincidencia, y si es así, incluso estoy perdiendo el tiempo estando aquí esta noche. Pero hay algo muy dentro de mí que me dice que ese no es el caso. No sabría explicarlo, llamémoslo instinto o intuición. ¿No dicen que los mejores investigadores a veces trabajan sobre eso? ¿Una simple intuición?

¡No te dejes llevar, Madison! ¡Ni siquiera eres una verdadera detective!

Después de tal vez una hora, Mai Lan me hace un gesto para que me una a ella en la pista de baile. Pido disculpas a las personas con las que estuve hablando, fingiendo que quería pasar un tiempo con mi amiga. Ninguno parece dispuesto a seguirme, prefieren beber que mover las caderas. Realmente no tenemos las mismas formas de divertirnos.

Mai Lan levanta los brazos en el aire como si se dejara llevar por la música. La estuve vigilando buena parte de la velada, está tan sobria como el día en que nació. Esto es pura comedia. Bailamos durante unos minutos para lucirnos, luego ella se inclina hacia mí como si me estuviera contando un secreto. Ese es el caso, pero en lugar de hablarme de un chico que haría que se enamorara de ella, me pregunta, «¿Conseguiste enterarte de algo interesante?».

Le repito lo que ya le dije a Andrea, y agrego, «Por lo demás, tengo entendido que varios de ellos viven en las villas que han sido robadas en las últimas semanas, pero ¿sigue siendo información relevante? No he podido determinar eso todavía».

«Ya veo. Estos niños son muy aburridos», suspira.

«¿Estos niños?», me provoca risa. «¡Tienen la misma edad que nosotras!».

Ella pone los ojos en blanco.

«Sí, pero sabes a lo que me refiero. Estoy segura de que entre ellos hay algunos que no han trabajado ni un solo día de su vida».

«Supongo que el tipo de chiquillos guapos con billeteras llenas, pero que no saben hacer mucho con sus 10 dedos, ¿no son realmente lo tuyo?».

Ella sonríe.

«Prefiero a los chicos que tienen esto», dice señalando su

cabeza. «Aunque no tengo nada en contra de que ellos también sepan usar las manos», añade con un guiño.

El momento es ligero, pero Mai Lan rápidamente recupera su seriedad.

«Puede haber algo con lo que escuché...».

Como ella no continúa inmediatamente, le pregunto, «¿Qué?».

«¿Ves a esas dos chicas?».

«Sí, Eva y la otra, no recuerdo cómo se llama, es de las raras francesas, creo».

«Sí, Laura. Bueno, justo ahora estaban charlando entre ellas en voz baja, casi parecían estar discutiendo. Y Eva espetó, "De todos modos, desde el accidente se comporta de forma muy extraña". Estaban hablando de Brian. Pero tan pronto como se dieron cuenta de que podía oírlas, interrumpieron la conversación».

«Es extraño, es verdad, pero es muy probable que no signifique nada. Sospecho que Eva está enamorada de Brian. Tal vez solo quería mantener un perfil bajo al respecto».

«Probablemente tengas razón. ¿Tenemos algo más para comer en este momento?».

«Absolutamente nada», suspiro.

Mai Lan se encoge de hombros.

«Está bien, entonces a falta de algo mejor...».

«Está bien, estoy en ello». Antes de que apareciera Andrea, Eva se estaba convirtiendo en mi nueva mejor amiga.

«¿Andrea está aquí?».

«Sí, no puede evitar estar pegado a nuestros traseros. Tiene un verdadero problema con la confianza, especialmente hacia nosotras las mujeres».

Mai Lan deja escapar una pequeña risa.

«Aún no lo conozco bien, pero no creo que Andrea tenga

problemas para confiar en las mujeres. Simplemente no le gusta que te alejes demasiado de él».

No tengo tiempo de preguntarle qué quiere decir con eso, porque ya se aleja en dirección al grupo con el que pasaremos la velada.

Así que trato de no pensar demasiado en su comentario y me dirijo directamente hacia Eva. Ésta se ve bastante deteriorada, seguramente no compartió sus bebidas con las plantas verdes. Y si creo en su mirada decepcionada, bebe para olvidar.

Dada su condición, no me molesto en ninguna sutileza.

«¿Cómo estás? No tienes buen aspecto».

«Me va muy bien», responde en un tono que me confirma que es una gran mentira.

Sus ojos están fijos en la pista de baile, así que sigo su mirada. Descubro a Brian en una sesión de primeros planos con una rubia tetona que es exactamente lo contrario de la pequeña mexicana. Sin darme cuenta, dejo escapar, «Ah, claro».

Pero cuando vuelvo la cabeza hacia Eva, noto que una lágrima rueda por su mejilla.

Vaya, parece que voy a tener que entrar en modo de *"consolar las penas de amor"*,

«Oye… no hagas caso».

Pero mis palabras solo empeoran la situación. Eva ahora se sacude por fuertes sollozos.

Me levanto y agarro su mano para jalarla hacia mí.

«Vamos, no nos quedemos aquí».

Sé que se suponía que debía hacerla hablar, pero no lograré nada si ella sigue así. Y lo siento por ella, ¡pero la solidaridad femenina sobre todo!

La llevo hacia el baño. Pero no es fácil, porque Eva está mucho más borracha de lo que esperaba. Apenas puede sostenerse sobre sus talones y con la arena bajo nuestros pies es aún menos obvio. Llegamos lo mejor que podemos a la sala iluminada por pálidas luces de neón. Abro el grifo para dejar correr el agua y le aconsejo que se salpique la cara. Ella obedece, pero cuando levanta la cabeza, me encuentro con un magnífico maquillaje de oso panda. Cuando ve su reflejo en el espejo, empieza a llorar más fuerte.

¡Carajo! ¿Con el dinero que tiene no puede permitirse un rímel resistente al agua?

Pongo mi mano sobre su hombro, tratando de calmarla.

«¡Oye! No es grave...».

Ella resopla ruidosamente y al segundo siguiente me abraza como si fuera su nueva manta de seguridad personal. Comienza a balbucear palabras que me cuesta entender. Una mezcla de inglés y español, no estoy segura de que realmente tenga sentido. Pero en un momento, todavía dice algo que me llamó la atención.

«El accidente...».

Le aparto el pelo de la cara con una mano.

«¿El accidente? ¿Qué accidente?».

«El accidente», solloza. «Brian... Scott...».

«¿Brian y Scott tuvieron un accidente?».

«Había sangre... demasiada sangre».

Ella sacude la cabeza. Parece completamente colocada. Me pregunto si es solo el efecto del alcohol.

La agarro un poco más firmemente por los hombros.

«Eva, dime, ¿de qué accidente estás hablando? ¿Qué tienen que ver Scott y Brian con esto?».

«Absolutamente nada».

Pero no es Eva quien responde, sino una voz masculina a mis espaldas.

Me doy la vuelta y me encuentro cara a cara con Brian, que me mira fijamente.

22

ANDREA

De vuelta en mi rincón del bar donde tomo mi tercer ronda de Perrier de la noche, observo a Madison mientras está con Scott.

Este chico es un auténtico pulpo, en cuanto ella se libera de uno de sus brazos, otro ocupa su lugar. Uno pensaría que tiene media docena. Si ella le rompiera uno o dos dedos, él no podría venir a quejarse.

Madison acepta una nueva copa de champán. Sumerge sus labios en ella mientras mira a Scott directamente a los ojos y luego, tan pronto como él aparta la mirada, le ofrece la mitad a una pobre e inocente palmera.

Los minutos pasan y ni siquiera puedo aprovechar para interrogar al barman. La música está tan alta que tienes que rasgarte las cuerdas vocales para hacer un pedido. Una conversación es impensable.

De repente veo a Madison levantarse.

Planeo unirme a ella en la pista de baile, cuando veo que se ha acercado a Mai Lan allí. Mientras mueven sus caderas, charlan. ¿Podrían estar poniéndose al corriente? Si es así, bien hecho. La animosidad del primer día parece haber desaparecido por completo. Esta es una buena noticia, porque de lo contrario nos habría convertido la vida en un infierno.

Mai Lan regresa a su mesa. No estoy preocupado por ella. No solo sabe luchar, sino que su pequeño bolso que lleva al hombro no se ha apartado de su lado en toda la noche. En él coloqué el arma de servicio más pequeña que tenemos en nuestro arsenal. Pequeña, pero muy eficaz de todos modos.

Madison, por su parte, no vuelve sobre sus pasos, sino que camina hacia una linda morena que no tiene buen aspecto. Con la ayuda de Madison, logra salir de su gran sofá blanco, y tambaleándose, las dos chicas van al baño.

¡Menos mal que ella me había prometido seguir con Mai Lan!

Scott también tiene sus ojos puestos en ella. Él se levanta como para seguirla, pero es interceptado por un tipo grande. Intercambian algunas frases y Scott regresa a su mesa mientras el segundo chico va al baño.

Está a punto de unirse a las chicas cuando un grupo de recién llegados lo saluda. Besa a los recién llegados y les da la mano, antes de continuar su camino y correr detrás de Madison y su nueva amiga.

Abandono mi puesto de observación para seguirlo hasta la entrada del baño de mujeres. Llego justo a tiempo para escuchar al grandulón declarar, «Absolutamente nada».

«Brian, ¿verdad?». Madison pregunta con una voz ligeramente arrastrada, forzando su acento americano. «Brian, el rompecorazones. Brian que hace llorar a mi amiga Eva. Pero no eres el único. Parece que Scott también le ha roto el corazón. ¿Qué le hiciste?, ¿eh?».

«Pero no es lo que piensas», interrumpe otra voz femenina cuyas dificultades en el habla no me parecen fingidas. «Brian y Scott, son mis héroes, sin ellos, sin ellos...».

Un enorme sollozo le impide terminar la frase.

«Vete», le ordena Madison a Brian. «¿No ves en qué estado la estás poniendo? Y, antes que nada, ¿qué haces en el baño de chicas? ¡Solo los pervertidos hacen cosas así! Verás Eva, no deberías encontrarte en tal estado por un tipo como él, no vale la pena».

Eva solloza el doble de fuerte.

«¿Todavía sigues aquí?», digo dirigiéndome al chico.

Madison parece sorprendida por la presencia de Brian.

Solo puedo verlo tres cuartos, pero parece completamente desconcertado por el ataque total de Madison.

«Te lo advierto, te estoy grabando y es en vivo en Facebook», declara Madison, todavía con una voz arrastrada que podría justificarse por el impresionante número de flautas que arrojó a la planta verde. «Estoy en los baños de *Giro* y hay un pervertido que nos siguió a Eva y a mí. Si están por la zona vengan en mi ayuda, él se niega a irse y....».

«Está bien, está bien, me voy», dice Brian. «Pero Eva, no olvides tener cuidado con lo que dices, si hablas demasiado te darás cuenta de lo que te pasará. ¡Ten cuidado! Realmente, quiero decir, *realmente*, o te arrepentirás».

Y ahora espero que Madison realmente estuviera grabando la escena porque eso me suena mucho a amenazas.

Obviamente, Eva sabe algo que Brian quiere que se guarde para sí misma. El problema es que no podemos adivinar si esto está relacionado con nuestra investigación sobre los robos o con el asesinato del peluquero.

¡Y luego pienso que casi rechacé la dirección de la agencia en Saint-Tropez porque tenía miedo de aburrirme!

Antes de que Brian se dé la vuelta, retrocedo unos pasos y entro corriendo al baño de hombres. Mantengo la puerta entreabierta para asegurarme de que está cumpliendo con su plan de retirarse y luego vuelvo a salir.

Tengo dos opciones. La primera es encontrar a Madison para que la ayude a llevar a Eva a un lugar más propicio para las confesiones que los baños de un club de playa.

La segunda es confiar en Madison. Ella parece tener la situación bajo control y, en todo caso, no hay mejor lugar que el baño de chicas. A pesar de mi impresionante cantidad de hermanas y de mi inmersión en un ambiente enteramente femenino durante los primeros veinte años de mi vida, todavía no tengo ni una décima parte de la psicología femenina de Ted.

Lo bueno de dejar que Madison se las arregle sola es que podría darle largas a Brian y, quién sabe, conocer algo que nos ayudaría a desenredar todo este embrollo.

Echando un último vistazo detrás de mí, me dirijo a mi posición privilegiada en la barra, cuando veo a Brian y Scott parados cerca de la pista de baile.

Están tan absortos en su conversación que logro acercarme a ellos sin que Scott me vea. Dado el ruido ambiental solo capto fragmentos de frases, pero está claro, Madison acaba de tirar una llave al estanque y las repercusiones probablemente serán interesantes.

Solo tengo que hacer lo necesario para que la agencia no se vea salpicada por este asunto. La agencia, y especialmente nuestro detective en ciernes que me parece que ha encontrado verdaderamente su vocación.

23

MADISON

Una vez libre de Brian, intento que Eva hable, pero cuanto más pasan los segundos, más parece desconectada de la realidad. Dejó de llorar, lo cual ya es algo bueno. Ahora está mirando la puerta del baño como si fuera a darle la solución para la paz mundial.

«¿Eva? ¡Yuju! ¡Eva!».

Parpadea, pero no reacciona.

Al menos... hasta que le dan arcadas.

«¡Y mierda!».

Abro apresuradamente una de las puertas y empujo muy suavemente a la mexicana hacia la taza del inodoro. Ella se arrodilla y tengo tiempo de agarrar su cabello antes de que renuncie a gran parte de lo que ha comido en las últimas horas. Y dada su condición, apuesto a que no tenía mucho sólido.

Dos chicas, encaramadas sobre tacones vertiginosos, entran al baño; Cuando ven lo que estamos haciendo, hacen una mueca de disgusto e inmediatamente se dan la vuelta.

Cuando los espasmos que agitan el estómago de Eva parecen finalmente haberse calmado, se apoya en el borde del cuenco para levantarse. La ayudo, no se ve muy fresca, pero está menos drogada que antes.

«Creo que será mejor que nos vayamos a casa».

Ella asiente con la cabeza con tristeza. Busco en el bolso para sacar el chicle que había dejado allí y se lo entrego. Ella me agradece con una pálida sonrisa.

«¿Con quién viniste? Les haré saber que tendremos que llevarte a casa».

Ella niega con la cabeza.

«Vine aquí en mi propio coche».

Un segundo me digo que no podría ser peor, pero al siguiente me doy cuenta de que, al contrario, es perfecto. Podré interrogarla. Dudo que me entere de algo de los demás.

«Está bien, te llevaré de regreso. Dame tus llaves».

Me entrega una llave que no se parece en nada a las que he tenido en el pasado. Rápidamente comprendo que debe tener un coche pequeño y caro. Y esta información no es para tranquilizarme. Siempre y cuando ella no viva demasiado lejos. Conducir por carreteras pequeñas, de noche y con un coche que no conozco... ¡Por no hablar de la molesta costumbre que tienen los franceses de tener cajas de cambios manuales! Con suerte, Eva no siguió esta ridícula moda.

«Quizás deberíamos decirles a los demás que nos vamos», comenta Eva mientras salimos de los baños hacia la salida del establecimiento.

«Le envié un mensaje a Mai Lan, ella se encargará de ello. Y luego ella irá a recogerme a tu casa».

No añadiré que también avisé a Andrea. No quiero volver con los amigos de Eva, alguien podría tener la buena idea de querer acompañarla y así perdería la oportunidad de interrogarla.

Eva no pone objeciones y saca el boleto del valet de su bolso.

Oh, sí, lo olvidé, ella no llegó andando del estacionamiento, *por supuesto*.

Unos minutos más tarde, un pequeño cupé deportivo de una marca alemana se detiene frente a nosotros. El valet sale, realmente no sé qué debo hacer. ¿Se supone que debo darle una propina? De todos modos, no tengo mucho conmigo y Eva parece demasiado confundida para ese tipo de consideración. Tendrá que conformarse con una sonrisa mía.

Subo al coche, que huele a cuero nuevo, y descubro con alivio que es automático. Eva, que debe sentir mis inquietudes a pesar de su estado, declara, «No te preocupes por hacerle un pequeño rasguño, la semana que viene tengo que llevarlo al taller».

«¡Ah! ¿Sí? ¿Por qué?», pregunto mientras arranco el auto.

El motor emite un ronroneo muy agradable y desde los primeros segundos de conducción me seduce.

«Tuvimos... un pequeño choque. Nada grave», se apresura a añadir. «Pero necesito que reconstruyan el parachoques delantero».

No me percaté de eso debido a que es de noche y casi me culpo por no haber echado un vistazo. Sin embargo, antes había hablado de un accidente. No me di cuenta de que había sido con su coche.

«¿Es este el accidente del que me hablaste? ¿El de Brian y Scott?».

Por el rabillo del ojo, veo que Eva me está mirando. ¿No recuerda haberme hablado de eso?

«Olvida lo que te dije», responde. «Realmente no tengo las ideas claras. Yo...».

Ella suspira.

«Debes pensar que soy patética».

Así que, para no despertar más sus sospechas, y porque a pesar de ser una princesita mimada no parece mala, le respondo en voz baja, «No, no eres patética. Solo eres una chica que bebió demasiado para olvidar que tuvo una mala noche».

Ella asiente.

«¿Estás enamorada de Brian desde hace mucho tiempo?».

«¿Es tan obvio?», pregunta, sollozando.

Siento que está a punto de empezar a llorar de nuevo. Sin embargo, añade, «Desde hace mucho tiempo, sí. Pero es complicado, él y yo».

«¿Quieres hablar de eso?», pregunté en voz baja.

«Yo… es complicado. Hemos estado juntos, pero... no puedo discutirlo contigo. Él no estaría de acuerdo».

Después se cierra como una ostra. Intento una o dos veces reanudar la conversación, pero ella sigue esquivando. Y luego llegamos a su casa.

Ella me da un código para ingresarlo en el teclado frente a la puerta. Creo que, si hace esto con todas las personas que conoce de pocas horas, no hay nada mejor para ayudar a los posibles ladrones.

Estaciono el cupé deportivo junto a otros autos de lujo estacionados en el camino de entrada. A nuestra derecha se ilumina una enorme villa de estilo neoprovenzal. Una mujer sale corriendo. Lleva uniforme, debe ser el ama de llaves.

«¡Señorita Méndez! Ya regresó».

La mujer se acerca a Eva y frunce el ceño al ver la expresión de mi nueva amiga. Ella comienza a hablar en español a toda velocidad, no puedo seguirle el ritmo. Pero entiendo que ella le está haciendo pasar un mal rato. Eva protesta débilmente y dice mi nombre. La mujer finalmente se vuelve hacia mí.

«Gracias por traer de vuelta a nuestra Eva, señorita.

¿Puedo llamarle un taxi?».

«No, todo está bien, gracias, una amiga viene a recogerme».

Ella asiente y es hora de que me vaya. Pero no me da tiempo de mirar el coche y las famosas marcas de este accidente. Entonces, con el pretexto de ir a despedirme de Eva, doy la vuelta al cupé y tomo a mi nueva amiga en brazos. Prometo llamarla y sacar mi teléfono para anotar su número. Pero esto me sirve principalmente como pretexto para disparar la cámara, y cuando vuelvo, tengo cuidado de dirigirla hacia el parachoques del coche. Por suerte para mí, el callejón está tan bien iluminado que se puede ver casi como la luz del día. Al menos tengo la posibilidad de detectar algo en el video.

Salgo de la propiedad, un coche me espera en la calle. Veo que no es el de Mai Lan, sino uno de los 4x4 de *Riviera Security*. Me acerco, pero cegada por los faros, solo cuando estoy lista para subir al habitáculo descubro a su ocupante.

«¿Andrea?».

«Mai Lan se quedó en la playa, por si podía enterarse de algo más.

Probablemente espera que proteste por ello o que haga preguntas, pero hay otra cosa que me preocupa.

«Pero, ¿estás conduciendo?».

«Claro. ¿Cómo creíste que llegué a la playa?».

«Pensé que Nathan, o quien sea, te había acompañado, o que habías tomado un taxi».

«Puedo arreglármelas muy bien por mi cuenta. No necesito escolta», se queja.

«¡Estás convaleciente, Andrea! ¡Todavía tienes problemas para caminar!».

«Estoy mejorando cada día y ahora no camino, conduzco».

«¡Eres insoportable! ¡Voy a acusarte con Ted!».

Esta vez se enoja.

«¡Intenta hacerlo!», exclama, volviendo la cabeza en mi dirección con una mirada oscura antes de volver a centrarse en la carretera.

«¡Si no tomas en serio los consejos del médico, alguien tiene que hacerlo por ti!».

«¡No necesito que me cuides! ¡Ya tengo a mi madre y a mis seis hermanas en mi espalda!».

«¿Entonces son seis?», exclamo en un tono de deleite que no tenía nada que ver con el estado de irritación en el que me encontraba un segundo antes. «¡Por fin tengo la respuesta a este misterio!».

Aplaudo y Andrea niega con la cabeza. Una sonrisa divertida aparece en sus labios.

«Solo tú eres capaz de gritarme y luego cambiar completamente de actitud en un abrir y cerrar de ojos», dice, acomodando el auto en el estacionamiento de nuestro edificio.

«Oh, ese es un superpoder común a muchas mujeres», bromeé.

Me giro hacia él y veo que me está mirando. De repente pienso en el momento en que bailamos juntos en *Giro*. Y especialmente, en el beso que le di.

Andrea me responde en voz baja, «No, eres la única que conozco que es así, *Bella*.

De repente hace mucho calor. Tengo la garganta seca y no sé qué decir. No me pasa a menudo. Es entonces cuando Andrea hace un gesto hacia mí, su mano roza la mía, quedo paralizada.

«Eres única, Madison», susurra.

Se inclina y entiendo que me va a besar. Pero antes de que sus labios toquen los míos, hay un estallido.

24

ANDREA

La ventana detrás de Madison se hace añicos.

Con una mano la jalo hacia mí y con la otra saco mi arma. Mi dedo está en el gatillo cuando identifico el rostro enmarcado en la abertura de la puerta. Respiro y bajo mi arma.

Un día la voy a matar...

Si no soy yo, será Matteo. Mi hermana esta loca.

La mayor parte del tiempo engaña, pero a medida que envejece, sus excesos van más allá de lo aceptable, incluso para una familia de italianos de sangre caliente. Hoy realmente ha cruzado la línea.

Miro la espalda desnuda de Madison. Está cubierta de fragmentos de vidrio y ya le sale sangre de pequeños cortes. Se me hiela la sangre cuando pienso que, si ella no hubiera estado frente a mí, esos cortes estarían en su cara.

«No te muevas», murmuro a Madison. «Voy a llamar a una ambulancia».

Pero Madison se incorpora y se gira hacia la ventana.

«¿Es tu hermana?», me pregunta con voz temblorosa.

«Sí, mi gemela».

«¿Ella está enferma?».

La voz de Madison es tranquila, casi indiferente.

«Sin lugar a dudas», admití.

«Así que vamos a solucionar esto como familia», dice, mirándome de nuevo. Probablemente será mejor para ella.

Su generosidad me conmueve.

Tengo un nudo en la garganta. Un bulto tan grande que ni siquiera puedo hablar. Solo asiento con la cabeza.

Entonces es cuando la conserje sale del edificio. Va armada con una enorme linterna y el bate de béisbol que Ted le trajo de su última estancia en Estados Unidos. El haz de su lámpara recorre el estacionamiento hasta iluminar el rostro de Lucia.

Mi hermana no se mueve. Ella está como congelada en su lugar.

Martine deja caer su arma improvisada y lentamente se acerca a mi gemela, hablándole como se le habla a un niño que se balancea en el borde de una ventana para asegurarse de que no hará ningún movimiento brusco, hasta que llegamos frente a él.

Lucia se vuelve hacia ella y se le acerca, con una tímida sonrisa en los labios.

Es la calma después de la tormenta.

«No te muevas», le digo a Madison, encontrando mi voz. «Voy a rodear el auto y abrirte la puerta, ¿de acuerdo?».

Madison asiente.

Salgo del auto y saco mi teléfono del bolsillo. Marco el número de Matteo, el segundo en mi lista de marcación automática después del de Ted. A pesar de lo tarde que es, contesta al primer timbrazo.

«¿Cómo va todo?».

Hace la pregunta, pero ya sabe la respuesta.

«Tuvo un ataque. Ya se calmó. Estará en la casa de la conserje».

«Voy a ir a buscarla», dice antes de colgar.

Él la llevará a casa a pasar la noche, pero esto ya no puede continuar.

Ella necesita recibir tratamiento. Me ocuparé de ello mañana, por ahora la emergencia es Madison.

Abro la puerta y limpio los fragmentos de vidrio con la mano para permitirle bajar. La habría tomado en brazos para cargarla, pero tengo miedo de presionarle pedazos de vidrio en la espalda.

Pone un pie en el suelo, luego el otro, y parece muy firme sobre sus piernas. Recojo su pequeño bolso y luego tomo su mano.

«¿Cómo te sientes?».

«Aparte del pequeño cosquilleo en la espalda, lo que más me pica son las cien preguntas que pasan por mi mente», responde sonriendo.

«Empezaremos por atender tu espalda. Después de eso, si no necesitas ver a un médico, te diré todo lo que quieras saber», admití.

«¿Está sangrando mucho?».

Apenas, pero ya es demasiado para mi gusto.

«No, nada parece profundo», le digo para tranquilizarla.

«Qué pena», dice antes de estallar en carcajadas ante mi mirada de sorpresa. «Bueno, sí, las cicatrices son una *putada* y no veo por qué solo los chicos pueden verse sexys con ellas».

Sacudo la cabeza, sonriendo. Al menos una cosa es segura: no está traumatizada. Aunque nunca se sabe, nadie está a salvo de una reacción violenta unas horas o incluso unos días después.

Al llegar a nuestro rellano, abro la puerta y, a la luz del halógeno de mi salón, examino sus heridas más de cerca.

«Lo primero que hay que hacer», le digo, llevándola a mi baño, «es meterse en la ducha. Después de eso, te envolverás en una toalla y volveré a revisar tu espalda. Dejaré la puerta abierta, si las cosas van mal, me llamas, no estaré muy lejos».

De vuelta en la sala, puse la tetera a hervir. Si quisiera una bebida caliente, podría prepararle un té.

En la isla de la cocina, coloco mi teléfono, así como el botiquín de primeros auxilios que acabo de coger del baño, y me quedo pensativo.

Necesito llamar a Ted para decirle que Madison está herida.

También necesito llamar a mi madre.

Se acabó la política de esconder la cabeza en la arena.

Esta vez no me dejaré ablandar, si no recibe tratamiento la denunciaré.

«¿Andrea?».

La voz de Madison me sobresalta. ¿Cuánto tiempo llevo perdido en mis pensamientos? Me giro hacia ella y veo preocupación en su rostro.

«Andrea, ¿estás bien?», ella pregunta.

Respondo asintiendo.

«No lo creo, parece que lleva demasiado tiempo arruinándote tu vida».

«No puedes decir eso. Hasta la adolescencia, Lucia y yo teníamos un vínculo perfecto. Todo lo que se puede decir sobre los gemelos, lo hemos vivido. Si uno de nosotros estaba triste o feliz, el otro lo sentía, si uno de nosotros resultaba herido, que la mayoría de las veces era yo, el otro lo sabía».

«¿Y luego?».

«Y luego… el vínculo se fue rompiendo poco a poco. Al menos de mi parte».

«Se encontró sola, en un callejón sin salida», murmura Madison. «¿Crees que eso fue lo que la hizo cambiar?».

Llevo años haciéndome esa pregunta.

«Pero incluso si eso es todo», dice Madison, acercándose a mí, «sabes que no es tu culpa».

Y como ella dio en el clavo, interrumpo la conversación.

«Dije tratamiento primero, confesión después, ¿recuerdas?».

«Sí, jefe», me dice, caricaturizando un saludo militar antes de darme la espalda y bajarse la toalla hasta la cintura.

Deslizo su cabello mojado por su cuello y por un momento, la intimidad del gesto me hace perder el hilo de mis pensamientos. ¡Ah sí, los cortes!

Ahora que salió de la ducha, podemos ver con mayor claridad. Hay una docena de pequeñas incisiones, pero nada grave ni profundo. Paso suavemente las yemas de los dedos sobre cada uno para asegurarme de que no quede ningún cristal. Está bien. Ya no queda nada.

Los siguientes minutos transcurren en un silencio marcado por los pequeños llantos de Madison mientras le roció espray desinfectante por toda la espalda.

«No duele», dice para tranquilizarme. «Solo se siente frío y un hormigueo».

«Esta noche debes dormir boca abajo para que se seque».

«Eso está bien, así duermo. O de lado. Pero nunca boca arriba», dice, volviéndose hacia mí de nuevo.

Ambos lados de la toalla están levantados sobre su pecho. No veo de ella más de lo que le mostraría al mundo entero si estuviera en la playa.

Pero no estamos en la playa. Estamos en mi casa solo nosotros dos y…

«¿Puedo quedarme a dormir aquí esta noche?», me pregunta, bajando la mirada.

Su pregunta me sorprende, pero antes de que tenga tiempo de pensar en ello, respondo. «Sí, claro».

«Aquí y contigo», aclara, levantando la cabeza hacia mí.

«La verdad sea dicha», le digo. «Creo que todavía estás en shock y….».

Ella pone un dedo en mis labios y me pregunta, «¿Recuerdas lo que ibas a hacer, justo antes de que Lucia rompiera la ventana del auto?».

Asiento con la cabeza. Lo recuerdo perfectamente. Iba a besarla.

El beso furtivo que me robó antes me dejó con ganas de más.

«Bueno, desearía que lo hicieras ahora».

Me lo pide tan amablemente, ¿cómo podría negarme?

Especialmente porque me muero por hacerlo.

MADISON

Los ojos de Andrea arden, mi corazón se acelera.

Las personas cercanas a mí siempre han dicho que soy de las que actúan y luego piensan. Seguramente esto es cierto. La prueba es que solo le pedí que me besara, aunque no hace 24 horas me habría reído si alguien me hubiera sugerido que algún día lo haría.

Ni siquiera puedo culpar al alcohol ni al shock del extraño encuentro de esta noche con Lucia. Porque toda la noche he deseado este beso. Desde el momento en que nos encontramos en la pista de baile, esta idea no me suelta. Y cuando acaba de cuidarme y mostrarme una atención que no me han prestado muchas veces, se ha vuelto obvio.

Podría haberle saltado al cuello, sorprenderlo iniciando las cosas, pero prefiero poner la pelota en su tejado. Quiero que él desee este beso tanto como yo.

Andrea se acerca lentamente. Sus ojos negros me devoran, él es el cazador, yo soy la presa. Podría sentirme vulnerable, casi desnuda bajo mi toalla, pero no es así, es diferente. Me siento deseada.

Su mirada cae sobre mis labios, su aliento los acaricia.

«¿Estás segura de que esto es lo que quieres?».

No necesito pensarlo.

«Sí».

Su boca apenas toca la mía por primera vez, como si estuviera dudando, como si se estuviera librando una batalla dentro de su cabeza, y una parte de él cediera mientras la otra se resistiera. Quiero atraerlo hacia mí, tomar esta decisión por él, por nosotros. Pero elijo dejarlo decidir a su propio ritmo, con la esperanza de que siga mi camino.

Luego su mano se posa en mi nuca, sube por mi cabello, todavía mojado por la ducha, y al segundo siguiente, sus labios se apoderan de los míos.

En ese momento, sé que algo especial está sucediendo, porque nunca un beso había parecido tan... obvio.

Separo mi boca, dándole un mejor acceso. Su lengua roza la mía, con delicadeza al principio, luego con más fuerza. Me encanta. Es dulce e intensa al mismo tiempo, esa sensación reconfortante y delirante que me produce. Me gusta que se tome su tiempo, que saboree este beso.

No quisiera estar en ningún otro lugar, con nadie más.

Retrocede un poco y pregunta con voz ronca, «¿Dónde aprendiste a besar así?».

«¿Realmente quieres saber?», respondo divertida y halagada de que él estuviera tan entusiasmado como yo.

«No», gime antes de rozar mis labios de nuevo.

La respuesta habría sido sencilla: con él.

Le rodeo el cuello con un brazo y con el otro todavía sostengo los extremos de mi toalla. Me presiono un poco más contra él, hace un ruido sordo en el fondo de su garganta.

Me besa como si tuviera todo el día por delante. Chupa mi labio inferior, provocando mi boca hasta el punto de volverme loca.

Quiero más y ahora.

Entonces, suelto mi toalla y deslizo mi palma sobre su nuca. La toalla cae al suelo, dejándome completamente desnuda, a excepción de mis bragas. Andrea vuelve a gruñir, pero entiende el mensaje alto y claro. Ya no juega.

Su gran mano descansa en la parte baja de mi espalda y me presiona un poco más cerca de su pecho. Mi pecho acaricia el algodón de su camisa. Nuestras pelvis se alinean, siento la aspereza de sus jeans en la parte superior de mis muslos...

Es entonces cuando empieza a vibrar, y un sonido estridente nos devuelve a la realidad.

Andrea se separa de nuestro beso, sofocando una maldición. Mete la mano en el bolsillo y saca su teléfono. Desde donde estoy veo aparecer el nombre de Matteo.

Andrea contesta, intercambia unas breves palabras con él y luego cuelga. Pero, aunque su conversación no duró más de unos segundos, el momento ya pasó.

Mientras tanto, recojo mi toalla del suelo y me cubro con ella. Veo un atisbo de decepción en los ojos de Andrea cuando se da cuenta.

«Era Matteo», se disculpa.

Asiento con la cabeza.

«¿Ella está bien?».

«Sí», suspira. «Bueno…».

No necesita terminar, sé lo que está pensando.

Por otro lado, me pregunto si no es éste el momento en el que debería escabullirme e irme a mi propio apartamento. Me acerco al baño para recoger mis cosas. Pero Andrea me sostiene de la muñeca.

«Te prestaré algo para dormir», anuncia.

Me lleva hacia su habitación y yo me dejo guiar. Me pasa por la cabeza la idea de cruzar el rellano y coger algo de ropa, pero hago como que no existe. Andrea me entrega una camiseta gris y me dice, «Voy a darme una ducha, ponte cómoda».

De repente tengo un ataque de pánico. ¿Qué significa eso? ¿Estamos pensando lo mismo? Pero silencia algunas de mis ansiedades al depositar un ligero beso en mis labios.

«Si no estás dormida cuando regrese y no estás muy cansada, hablaremos de todo esto tú y yo».

Entra en el baño y me quedo unos segundos mirando la puerta por la que desaparece, estoy como aturdida.

Logro salir de mi letargo y me deshago nuevamente de mi toalla para ponerme su camiseta. Luego me deslizo entre las sábanas azul marino de su cama bien ajustadas. Mientras espero que regrese, y para evitar que mi cerebro se sobrecaliente, me concentro en observar la habitación. Es decididamente masculina con sus muebles de madera oscura, su televisor de dimensiones indecentes y su casi ausencia de decoración. Pero es elegante, impecablemente arreglada, como él. Los únicos elementos que perturban esta decoración están en la mesita de noche: una novela de suspenso desgastada, así como un par de lentes que nunca le he visto usar. Lo imagino sentado en la cama leyendo un libro con ellos en la cara, y esta imagen de repente me parece muy sexy, ya que nunca he tenido la costumbre de enamorarme de intelectuales.

También hay dos marcos con fotografías. Uno muestra a Andrea rodeado de mujeres jóvenes, cada una más deslumbrante que la anterior, y una un poco mayor. Reconozco a Lucia y a algunas otras personas que conocí en las zonas comunes del edificio. Concluyo que esta es una foto de Andrea y su familia. En la segunda foto, está Ted, así como todo el equipo de *Riviera Security Saint-Tropez* que conozco.

Solo hay una joven rubia a la derecha de Ted, a quien no recuerdo haber conocido. ¿Quizás una ex empleada?

No tengo tiempo de pensar más en las fotos, porque la puerta del baño se abre y revela a Andrea vistiendo solo bóxers blancos. A pesar de que vivimos juntos unos días en Mónaco, y de que ya le vi en bañador en casa de la familia Nkosi, tengo la impresión de descubrirlo con nuevos ojos. Estos no parecen destacar de la piel bronceada que recubre un torso y abdomen perfectos, con músculos definidos sin resultar excesivos.

«¿Te gusta lo que ves?», pregunta Andrea, haciéndome darme cuenta de que no soy exactamente sutil.

Avergonzada, miro hacia otro lado, pero debe divertirle, porque lo oigo reír.

Lo siento acomodándose en la cama, porque el colchón se mueve un poco. Al segundo siguiente, cuando no lo esperaba, me atrae hacia él.

«Madison», me susurra al oído, «mírame, por favor».

Me doy la vuelta y me encuentro frente a sus ojos oscuros. Con las yemas de sus dedos, retira un mechón de mi cabello que bloquea mi rostro. Tengo escalofrío.

«Mad...», comienza.

Siento que está buscando palabras y veo algo en sus ojos que me congela.

¿Se arrepiente?

Mientras tomaba la ducha, ha estado pensando y me va a decir que quiere que me vaya.

Entonces, antes de que las palabras salgan de sus labios, hago un movimiento para salir de la cama. Pero hay que creer que este hombre tiene reflejos ninja, porque al segundo siguiente estoy tumbada boca arriba, atrapada bajo su cuerpo.

«¿Adónde piensas ir?», pregunta, mirándome furiosamente.

«Me voy a casa, lo entiendo, Andrea. Antes, se nos fue de las manos, pero eso no es lo que querías y….».

No me deja terminar y me besa. Otro de esos besos que me dejan sin poder pensar. Cuando se retira de nuevo, me pregunta, «¿Fue lo suficientemente convincente o debo continuar?».

«Tal vez necesito que repitas el experimento para estar 100 % convencida», bromeo.

Me sonríe con ese hermoso gesto que resalta su encanto latino y que lo hace aún más irresistible.

«Con mucho gusto», murmura con voz ronca, «¡cuánto tiempo llevo esperando esto!».

Se inclina hacia mí, pero esta vez lo abrazo antes de que me bese. Él frunce el ceño.

«¿Qué quieres decir con cuánto tiempo llevas esperando esto?, pregunto desconcertada.

Suspira y se deja caer a mi lado. Se pasa una mano por el pelo.

«¡Maldita sea, Mad! Me van a volver completamente loco».

«¿Qué te pasa? ¿Está esto relacionado con lo que le pasa a tu hermana?».

Esta vez estoy totalmente perdida.

«¡No! Incluso si está medio tocada, está bien ubicada. No, son ustedes, tú, Ted y Ken».

«¿Ken? ¿Ted? ¿Qué tienen que ver aquí?».

Me lanza una mirada dubitativa, como si no pudiera creer que no tenga la respuesta a esta pregunta. Pero mientras sigo mirándolo, esperando que me llegue la iluminación, me explica, «Cuando te confiaron a mí cuando se marcharon hacia Florencia, tuve que prometerles una cosa...».

Como no parece tener prisa para continuar, le pregunto, «¿Qué?».

Suspira de nuevo.

«Cuidarte como si fueras una de mis hermanas. Protegerte...».

Completo el resto por él, entendiendo lo que quiere decir.

«No acercarte demasiado».

Él asiente.

«Ya veo».

Me siento incómoda y enojada. Estoy cansada de ver que una vez más, los hombres en mi vida piensan que tienen todo el derecho a definir lo que yo puedo hacer o no. Estoy mirando al techo, y si no fuera media noche, me apresuraría a levantar el teléfono y contárselo a Ted. Y a Ken también. Podría hacerlo de todos modos, después de todo, en la costa oeste son solo las...

Pero Andrea me atrae contra él y mi rostro se apoya en la curva de su cuello. Me acaricia suavemente el pelo.

«No te enojes conmigo, por favor. Hice todo lo posible para cumplir mi promesa, pero es más fuerte que yo. Sin embargo, estoy bastante acostumbrado a seguir órdenes, traté de poner algo de distancia entre nosotros...».

«¿Quieres decir que estabas actuando como un idiota a propósito? ¿Para que yo huyera de ti?».

Deja escapar una risa que resuena en su pecho.

«Entre otras cosas».

Mientras levanto la cabeza y lo miro a los ojos, añade, «Pero estoy cansado de fingir».

«¿Por qué yo? ¿Por qué ahora?», le pregunto.

Podría hacerme las mismas preguntas. ¿Por qué él? ¿Por qué ahora cuando estaba convencida de que lo odiaba parcialmente apenas ayer?».

«Te lo dije en el auto: eres especial. Eres hermosa, divertida e inteligente. ¿Y por qué ahora? En parte porque no podía soportar ver al otro imbécil ponerte las manos encima toda la noche. ¿Pero necesito recordarte que fuiste tú quien me besó primero?».

Su respuesta y la forma en que me mira despierta algo indescriptible en mi corazón. Decido centrarme en eso, en lugar de en las razones por las que no podría haber imaginado tal punto de inflexión en nuestra relación hace apenas unos días.

Me acerco un poco más a él y cierro los ojos. Me siento bien por primera vez en mucho tiempo. Eso es todo, necesito concentrarme en el presente. Ni sobre el pasado ni sobre el mañana.

Desde luego, no por el hecho de que el final del verano llegará tarde o temprano.

26

ANDREA

Son las seis y estoy completamente despierto.

Suavemente levanto la cabeza de Madison para liberar mi brazo. Murmura algunas palabras incomprensibles en inglés, luego se da vuelta y se lleva la sábana.

De puntillas, salgo de la habitación y cierro la puerta en silencio. La dejaré descansar el mayor tiempo posible. Después de anoche, tiene derecho a dormir hasta tarde.

Mientras se prepara el café, reviso mis correos electrónicos en mi teléfono. Al principio me sorprendió encontrar uno de Madison, recuerdo que me dijo que me había enviado un video de la parte delantera del coche de Eva. Repito la breve secuencia varias veces. La imagen no es absolutamente nítida, pero el rastro del impacto es claramente visible. Considerando el impacto diría que el obstáculo no opuso mucha resistencia. No chocó contra una pared ni contra un bloque de concreto. Parece la huella dejada por un animal... a menos que sea la de un transeúnte.

Sin duda, vuelvo a ver el video en mi portátil y de repente se me ocurre una idea. ¿Qué hubiera pasado si hubiera entendido mal el significado de las palabras de

Brian? ¿Y si no hubiera querido amenazarla, sino solo advertirla?

Intento recordar su expresión exacta sin éxito. Recuerdo que él le dijo que tuviera cuidado, que se arrepentiría de sus palabras si hablaba demasiado, pero eso no significaba necesariamente que la amenaza vendría de él.

Abro mi navegador para buscar los periódicos locales. Un atropello y fuga es el tipo de suceso que aparece en las portadas de nuestros periódicos, bueno, al inicio de la temporada, antes de la llegada masiva de turistas. En la última quincena se han recibido tres informes de accidentes en los que el conductor intentó hablar educadamente con la víctima, pero nada que pudiera coincidir. El primero es el de 'coche versus motocicleta'. Dado el estado de la motocicleta, los daños en la parte delantera del otro vehículo fueron necesariamente más significativos que los filmados por Madison. Los otros dos accidentes que interesaron a los periódicos involucraban a una bicicleta y un peatón. Eso me vendría mejor, pero no funciona. La descripción del coche dada por el ciclista afectado, o por los testigos, no corresponde al vehículo de Eva.

Por una cuestión de conciencia, retrocedo varias semanas sin más éxito. Me serviré un café y luego volveré a mi pantalla. Internet está caprichoso esta mañana. Hace unos años me hubiera sorprendido la velocidad de carga que tengo hoy en casa, pero en comparación con la que tenemos en la oficina, siento que estoy viviendo en la Edad de Piedra. La paciencia con la electrónica no es una de mis cualidades. Estoy a punto de rendirme cuando la página termina de mostrarse. ¡Bingo!

El artículo no es muy extenso, pero cuenta la historia de un peatón atropellado en la carretera que lleva a las playas, a unos cientos de metros de la sede de Scott y sus pequeños compañeros de juegos. Hacia medianoche, un joven holandés que acampaba en la zona y regresaba de una natación nocturna fue atropellado por un vehículo que se dio a la fuga. La escena fue presenciada por una persona que desea permanecer en el anonimato, pero que, sin embargo, tuvo tiempo de decir al periodista que acudió al lugar de los hechos, que había quedado conmocionado como para pensar en anotar la matrícula del auto. Esto es comprensible. Una cosa es decirse a uno mismo, sentado en una butaca de cine, que hay que fotografiar la matrícula de un vehículo que ha provocado el accidente, y otra muy distinta en la vida real es tener la presencia de ánimo para sacar la cámara, o incluso hacer el esfuerzo de memorizar una serie de números y letras cuando uno se encuentra al costado de la carretera.

Lo curioso es que el testigo insistió. Dijo que incluso si lo hubiera pensado, probablemente no lo habría logrado porque estaba oscuro. ¿Habría circulado el coche con todas las luces apagadas? Esto explicaría por qué el conductor no vio al peatón.

Seis y veintinueve, no, treinta. Mi teléfono vibra. Este es el momento en que informo a Ted. Creo que este hombre nunca duerme. Debió haber hecho un trato con Jimmy. Ha de haber uno que duerme por los dos.

«Entonces, ¿te fue bien anoche?».

«Todo depende del punto de vista que adoptemos y de qué estemos hablando».

Empiezo con el caso sabiendo que no podré ocultarle nada a Ted. Mi jefe tiene una especie de doble visión. Un poder increíble para leer las almas de las personas que lo rodean. Ya estaba asombrado por él antes, pero desde que conocí a Ken y Jimmy, creo que este tipo puede caminar sobre el agua. Lo que me contaron sobre él hace que el viaje de John McClane [1] en Nochebuena parezca un paseo por el parque.

«Si quieres hablar de trabajo en equipo, debo admitir que me dejaste alucinado con la idea de ir de compras».

«En inglés se conoce como *terapia de compras*, es un excelente remedio para todo tipo de cosas. También funciona con chicos».

«Sí, lo vi cuando le pediste a Nathan que rehiciera toda la instalación de la computadora después de su última descompostura».

Al día siguiente, Nathan actuó como si la chica que le había roto el corazón nunca hubiera existido.

«¿Me informarás después de poner al corriente a Madison y a Mai Lan?».

«Claro».

Tres segundos de silencio y luego Ted me pregunta.

«¿Eso es todo lo que tienes que decirme?».

«No. Tuve un problema ayer con Lucia».

«¿Una nueva crisis?», me pregunta.

«Sí, me estaba esperando en el estacionamiento del edificio. Voló una ventana de uno de los autos de la compañía. Por supuesto, yo mismo me encargaré de la reparación.

«No te preocupes», me dice.

«No, quiero hacerlo. Pero ese no es el problema».

«¿Estás herido?».

«No, yo estoy bien. Es Madison».

«¡Mierda!».

«Recibió algunos fragmentos de vidrio en su espalda».

«¿Pero por qué no me llamaste enseguida? ¿Y el cirujano qué dijo? ¿Dónde está ella?».

«Todo está bien, solo fueron rasguños», interrumpo su interrogatorio.

«¿Estás seguro?», insiste.

«Sí, pero si te tranquiliza, tengo toda la intención de llevarla al médico por la mañana».

«Correcto. ¿Qué pasará con Lucia?».

«Martine se encargó hasta que Matteo vino a recogerla. ¡La habrías visto anoche! Martine salió del edificio armada con una linterna y el bate de béisbol que le diste, lista para luchar contra el malhechor que se divertía destrozando autos en *su* estacionamiento. Cuando reconoció a Lucia, inmediatamente supo qué hacer. Sinceramente, ella me impresionó».

«Tenemos suerte de tenerla», responde antes de volver al ataque. «Pero, ¿qué vas a hacer con tu hermana? ¿Recuerdas que tengo un amigo que está dispuesto a atenderla...?».

«Te agradezco. Vamos a hacer lo que tenemos que hacer. Esto no puede continuar».

Excepto que han pasado años y ya no puede seguir así...

«Está bien, ocúpate de ello. Del resto hablaremos en otro momento».

---

1 John McClane: héroe de "Jungla de Cristal", de la serie de películas de Bruce Willis, "Die Hard".

27

MADISON

Cuando me despierto, tardo unos segundos en recordar dónde estoy.

Estoy sola en la cama de Andrea, pero si creo en los sonidos que vienen de la cocina, él no está muy lejos. Me levanto y paso unos momentos en el baño, solo para comprobar que mi aspecto matutino no es demasiado aterrador. Por suerte, anoche tuve la presencia de ánimo para quitarme el maquillaje. Tendré que burlarme de él por los productos de belleza femenina que tiene en su armario. Si hace unos días hubiera asumido inmediatamente que pertenecían a una mujer con la que tiene o con la que solía salir, ahora mi instinto me dice que hay muchas posibilidades de que sea simplemente de una de sus hermanas.

Entro a la sala que hace las veces de salón y cocina, como en casa. Excepto que aquí hay mucho más espacio. De hecho, apuesto a que todo mi apartamento cabe en esta habitación.

Andrea está sentado a la mesa de la sala, con su computadora frente a él. Cuando me escucha, levanta la vista y me da una sonrisa que me hace estremecer.

«¿Dormiste bien?».

«Perfectamente».

Realmente no sé cómo comportarme, ¿lo que parecía obvio anoche, cuando me quedé dormida en sus brazos, es tan obvio hoy, a la luz del día?

Afortunadamente, Andrea toma la iniciativa. Se levanta y desliza un brazo alrededor de mi cintura para atraerme hacia él. Su otra mano se clava en mi cabello mientras deposita un tierno beso en mis labios.

«Buenos días», susurra con una voz cálida que me hace querer arrancarle su inmaculada camisa blanca ahora mismo.

«Buenos días».

Creo que detectó el problema en mi voz, porque me da una sonrisa descarada. Pero parece que no piensa aprovechar la situación de inmediato.

«No quería que estuvieras sola cuando despertaras, pero lamentablemente voy a tener que ir a la agencia. Te prepararé un café y me iré. Hay algunas galletas, si tienes hambre», me dice.

«¿Qué hora es? Debiste haberme despertado, no se me ocurrió poner la alarma», le contesto.

«Las nueve. Necesitabas dormir, ayer llegamos tarde a casa».

Me da un beso en la frente y se dirige a la cocina para encender la cafetera.

«Si no tienes mucha prisa, puedo estar lista en 15 minutos como máximo».

Él levanta una ceja mostrando duda.

«¿15 minutos reales? ¿O 15 minutos de peluquería?».

«¿Qué significa eso?», pregunto, cruzando los brazos sobre el pecho, dándome cuenta de que estoy satisfecha a medias.

Duda.

«Digamos que, habiendo crecido en un ambiente femenino, sé que a veces dices que solo necesitas 15 minutos, pero…», me dice.

Vaya, de nuevo el cliché de que una mujer no es capaz de arreglarse rápidamente. Me tomaría el tiempo para explicarle que, contrariamente a lo que él cree, la mayoría de nosotras somos bastante capaces de hacerlo, siempre que queramos. Pero como no quiero perder más tiempo, casi le arrebato de las manos la taza de café que acaba de servirme y me la bebo de un trago. Cuando la vuelvo a dejar en la encimera de la cocina, me mira con los ojos muy abiertos.

«Voy a casa a buscar algo de ropa, vuelvo en 10 minutos, asegúrate de estar listo».

Mientras me alejo, todavía tengo tiempo de ver su sonrisa divertida.

Tan pronto como atravieso su puerta, emprendo una loca carrera. Un lavado rápido, un cepillado de pelo, un trazo de delineador de ojos, me pongo el primer vestidito de verano que encuentro y un par de sandalias. Mi bolso todavía está en su casa, así que estoy de vuelta en un tiempo récord.

«Si hubiera sabido que para que una mujer llegara a tiempo había que desafiarla, lo habría intentado antes», dice mientras bajamos al estacionamiento.

«Entonces quizá no sepas *todo* sobre las mujeres, señor experto...».

Al llegar delante de los coches, me sorprende ver que el que tiene la ventanilla rota ya ha sido sustituido por otro.

«Dame las llaves», digo, extendiendo mi mano. «No hay manera de que vayas a conducir tú».

Parece dudar y luego obedece. Subimos a la camioneta y me dirijo hacia *Riviera Security*.

«Esta mañana hablé por teléfono con Vivaudo y me

enteré de algunas cosas que podrían ser interesantes para nuestro asunto. Aunque, todavía no sé cómo», me explica Andrea.

Durante nuestro trayecto, me informa sobre sus investigaciones, así como sobre su conversación con el gendarme. Llego a la misma conclusión que él. De hecho, hay algo sospechoso, pero ¿cómo se podrían vincular la historia del accidente y el asesinato del peluquero?

«¿Estás de acuerdo en que siga investigando?», le pregunto mientras cruzamos la puerta de la agencia.

«Por supuesto. Esta también es tu investigación».

«Bien, prepararé el café para todos y empezaré».

«Olvídate de los cafés, son lo suficientemente grandes como para valerse por sí solos».

«¿Pensé que eso era parte de mis deberes?», le pregunto.

Me sonríe, se acerca un poco más a mí y susurra, sonriendo, «Sí, pero esta es una orden de tu jefe. No querrás desobedecerlo, ¿verdad?».

Sacudo la cabeza y una pregunta cruza por mi mente. La verdad, lo he estado pensando desde que desperté, pero no me atrevía a preguntarlo antes. Sin embargo…

«Andrea, ¿cómo quieres que nos comportemos en la oficina?».

Me observa, sus ojos negros parecen estar intentando leer las profundidades de mis pensamientos.

«Cuando rompo una orden o una regla, lo hago por una buena razón, y no trato de ocultarlo después», termina admitiendo.

«¿Eso significa que se lo vas a decir a Ted? ¿Alguna vez has hablado con él sobre esto?».

Sé que hablan todas las mañanas, pero Andrea niega con la cabeza.

«Primero quería comprobar contigo que estábamos en el

mismo canal. Yo... Madison, tú y yo no nos tomaremos esto a la ligera».

Estas palabras hacen que mi corazón dé un vuelco, que sucumbe aún más por este hombre al que descubro cada día un poco mejor. Entonces, a pesar de todas las preguntas que aún pueda tener sobre nuestro futuro, le respondo, «Tampoco me lo tomo a la ligera».

Por el rabillo del ojo, veo a Nathan acercarse a nosotros y supongo que Andrea también se da cuenta. Pero desliza sus dedos por mi nuca y sella nuestra declaración con un beso ardiente.

Nathan se aclara la garganta y da media vuelta.

«Será mejor que me vaya», dice Andrea con una sonrisa. «Además, parece que tengo algunas llamadas que hacer», añade con un guiño.

Lo veo alejarse, tratando de no suspirar como una joven emocionada. Entonces decido ponerme a trabajar.

Entre dos llamadas entrantes, reviso los elementos de la investigación que ya tenemos, y agrego la información recopilada por Andrea esta mañana. Decido centrarme primero en las fechas, ordenando los robos del más antiguo al más reciente, siendo el suceso más reciente, por supuesto, el asesinato del peluquero.

Es cuando pienso en el hecho de que Andrea me explicó que el peluquero también había sido testigo del accidente, y una teoría toma forma en mi mente. Y como mi nuevo novio me dijo que no debía dudar en compartir mis intuiciones con el grupo, salgo de mi oficina para reunirme con él.

28

ANDREA

Mientras hablo con un proveedor que acaba de retrasar la entrega de cámaras de vigilancia por tercera vez en dos semanas, alguien llama a mi puerta que se encuentra abierta. Madison. Le hago señas para que entre mientras continúo mi conversación.

«Escuche, entiendo perfectamente que haya tenido que lidiar con un excedente de pedidos después de los robos del mes pasado».

«Entonces, ¿no está muy molesto con nosotros?», me pregunta el vendedor.

«No, para nada. Los negocios son los negocios, pero si su política es dar preferencia a los pedidos individuales de nuevos clientes, en lugar de cumplir los contratos celebrados con un cliente fiel, comprenderá fácilmente que *Riviera Security,* se hará cargo de las consecuencias».

«Pero... pero...», balbucea mi interlocutor que acaba de darse cuenta de que, aunque no esté gritando, estoy muy alterado.

«Así que depende de usted. O recibimos nuestras

cámaras hoy mismo o cancelamos todos los pedidos de la empresa. Con eso, le deseo un buen día».

Cuelgo y me levanto de la silla. Todavía me duele la pierna. Necesito pensar en usar ese asqueroso bastón.

«Acabo de darme cuenta de algo», me dice Madison, pareciendo emocionada.

«Genial, te sugiero que le digas a todos que nos reunamos en la sala de reuniones, para que todos podamos disfrutarlo».

Madison parece un poco decepcionada por no poder contarme su descubrimiento de inmediato, pero obedece. Cuando llego a la sala, ella ha recorrido la oficina y la reunión puede comenzar.

«Está bien, empezamos», digo después de darle tiempo a Steve para que acomode su silla. «Anoche, Mai Lan y Madison pasaron la noche en "*Giro*", por invitación de Scott Livingstone. Esto les dio la oportunidad de observar a la juventud dorada de Saint-Tropez en su entorno natural y realizar algunos encuentros interesantes».

«¿Han recopilado información que nos sea útil?». pregunta James.

«Eso se los dirán ellas. ¿Quién de ustedes quiere empezar?».

Mai Lan mira a Madison y le hace un gesto para que ella empiece.

«Está bien, empezaré», dice, mirándome furtivamente. «Lo primero que noté fue que el mundo de Saint-Tropez es relativamente pequeño, ya que la familia de Scott no fue la única a la que le habían robado».

Con un movimiento de cabeza le indico que continúe.

«Al final de la velada, me encargué de acompañar a una de las amigas de Scott a su casa. Eva… Creo que se apellida Méndez, pero no estoy 100 % segura».

«No te preocupes, lo comprobaremos fácilmente», dice Nathan.

«Eva sufrió un fuerte golpe en la nariz y como ya había denunciado un accidente, le cogí las llaves para llevarla a casa. Mientras estuve allí, hice un pequeño video de la parte delantera de su coche».

«Aquí está un pequeño video», digo lanzando la secuencia en la pantalla de la habitación desde mi computadora. «Después de ver ese impacto me interesé por los accidentes de tránsito que habían ocurrido en las últimas semanas y encontré uno que es bastante parecido y que ocurrió en el camino de la playa».

«Recuerdo ese caso», dice Steve, que tiene la memoria de un elefante. «Fue otro caso de atropello y fuga. La víctima era un campista extranjero y los primeros auxilios los prestó otro chico que curiosamente pasaba por allí en mitad de la noche».

«Exactamente. Pero donde el asunto se complica», agrego, «es que el buen samaritano que brindó los primeros auxilios a la víctima de este accidente no fue recompensado por su buena acción, ya que resulta que es el peluquero que Madison descubrió en *Vanity Fur*».

James, Nathan, Steve y Mai Lan fruncen el ceño simultáneamente. Aquí nadie cree en las coincidencias. Como Madison y yo hace una hora, se están devanando los sesos buscando el eslabón perdido.

«¿Cómo sabes eso?», me pregunta Nathan.

«Fue Vivaudo quien me dijo eso antes, cuando lo llamé para ver cuándo Livingstone podía recoger sus cosas».

«Y desde entonces he encontrado algo más», dice Madison, que parece estar hirviendo de impaciencia.

«¿Qué?» le pregunta Mai Lan.

«Hice una línea de tiempo», dice, tomando su turno para

tomar el control de la pantalla en la pared. «Al principio situé el primero de los robos y luego al final, el asesinato del peluquero...».

«Y luego agregaste la fecha del atropello y fuga», observa James.

«Eres absolutamente brillante», le dice Mai Lan, casi saltando en su silla de emoción.

«¿Pueden arrojar luz sobre esto?», pregunta Nathan.

«Pero mira, el accidente ocurrió una semana antes del primer robo», le dice Mai Lan.

«Sí, puedo ver eso claramente, pero no veo... oh... espera...».

«Eso es», continúa Mai Lan. «El accidente es lo que empezó todo».

«Después del accidente, alguien consiguió presionar a Eva y a sus amigos», continúa Madison.

«¿Cuántos pueden ir en ese auto?», pregunta Mai Lan.

«¿Normalmente? Yo diría que dos delante y tres delgados atrás», responde Madison.

«¿Y si hubieran ido más que eso? Como sentados en la carrocería de la parte de atrás, con las piernas en el respaldo del asiento trasero».

Madison piensa y cuenta con los dedos.

«En este caso probablemente podríamos poner cinco atrás y si el que está en el asiento del copiloto tuviera una novia en su regazo, serían ocho personas en el auto».

«¿Y cuántos robos hemos tenido en total?», Mai Lan le pregunta a Nathan, que ya está escribiendo en el teclado de su computadora.

«Siete en total. Y tu Eva, ya veo. La casa de su padre fue la primera en visitarse», dice Nathan.

«Así que estábamos completamente equivocados cuando pensábamos que el ladrón fue torturado porque había robado información altamente confidencial durante una de sus visitas», dice James.

«La idea de lo confidencial era buena, es en la cronografía en lo que nos equivocamos», digo, sonriendo a Madison.

«Eso es. El secreto es el accidente, el atropello y fuga», dice Mai Lan. «Ninguno de ellos tuvo el valor de bajarse del auto para ayudar a este desconocido al que habían atropellado. Y encaja con lo que he averiguado».

Todos nos dirigimos a ella con mayor atención.

«Nadie me habló abiertamente de ello», explica, «pero estaba claro. Hay tensión en el grupo. Algo sucedió que desafió el equilibrio de su mundo y tuve la impresión de que, aunque se comportaban de manera civilizada, su grupo de amigos estaba dividido en dos».

«¿Los que estuvieron involucrados en el accidente y los demás?», sugiere Nathan.

«Y el peluquero, que tal vez estaba allí por casualidad, los reconoció porque era quien atendía a sus perros», observa Madison.

«Y se dijo a sí mismo que sería mucho más interesante para él monetizar su secreto que contárselo todo a la policía», concluyó Steve.

«Hasta que una de sus víctimas se rebeló», agrego yo.

«Pero, ¿por qué la tortura?» pregunta Madison.

«¿Un video?», sugiere Mai Lan. «Supongo que incluso si huyeron, debieron haberse detenido después de golpear al tipo. Quizás eso fue lo que filmó el peluquero».

Todos asentimos en silencio.

«¿Qué hacemos ahora?», pregunta Mai Lan.

«Bueno, lo que deberíamos hacer es llamar a nuestro policía favorito, pero como lo conozco, nos dirá que solo tenemos vagas suposiciones y ninguna prueba de lo que decimos».

No se equivocaría.

«Nathan, te daré hasta esta noche para explorar todas las cuentas del peluquero y ver si puedes encontrar el video».

«No hay problema», responde. «Si lo tomó con su teléfono, necesariamente quedará un rastro en la nube».

«Mai Lan, vas a redactar dos informes detallados. En el primero, le darás un relato detallado del asunto a Livingstone, solo para hacerle entender que el fallo de su sistema de vigilancia es culpa suya, bueno, de su hijo».

«Bien, ¿y el segundo?»,

«El segundo es para Vivaudo, para que no nos diga que le estamos ocultando algo. A los demás, les sugiero que piensen en un nuevo plan de acción para intentar descubrir cuál de los amigos de Scott estaba al volante y quién tomó la iniciativa de ajustar cuentas con el chantajista».

29

MADISON

«Hice una selección entre las fotos que Mai Lan logró tomar durante la noche, y aquí están las de los siete chicos cuyas casas supuestamente fueron visitadas», anuncia Steve.

En la pantalla aparecen los retratos de algunas de las personas con las que estuve ayer en *Giro*. Con el pretexto de tomar fotografías de recuerdo, mi colega amablemente catalogó sus rostros.

«Así que probablemente nuestro conductor esté entre ellos», dice Andrea.

«Es como el juego de *"Clue"*, solo tenemos que eliminarlos uno a uno para encontrar al culpable», añade James.

«Espera, falta uno», señalo.

Mis colegas me miran fijamente, pero supongo que Andrea y Mai Lan entienden de quién estoy hablando.

«Brian está desaparecido. Dada la forma en que se comportó ayer, debe estar involucrado».

Steve muestra una foto de este último.

«¿Es él?».

Asiento.

«Parece que el afortunado no tuvo que renunciar a ningún objeto de valor. O tal vez nadie denunció el robo en su casa», afirma mi colega.

«Simplemente porque ciertamente no tenía nada que entregar al peluquero para que se callara. Acabo de encontrar su identidad mediante reconocimiento facial. Solo tardó un segundo en realizar el enlace a su perfil de Facebook. Bendigo cada día a los inventores de las redes sociales, ¡no hay mejor fuente de información!», es Nathan, quien, levantando la vista de su computadora, nos da la solución.

Andrea le lanza una mirada que significa, *"ahórranos tu perorata y ve directo al grano"*.

«De cualquier forma...», continúa Nathan. «Este es Brian Foster. Y miren su dirección».

Todas las miradas vuelven a converger en la pantalla gigante.

«Esa es la dirección de Livingstone», comenta Andrea. «Y el nombre me suena...».

«Sí, porque el querido Brian, a diferencia de sus amiguitos, no nació con una cuchara de plata en la boca. Más bien, es su querida madre quien se encarga de pulirlas. Es hijo de los cuidadores de la finca Livingstone. Su madre es el ama de llaves y su padre se encarga de los jardines».

«Sí, llevan años sirviendo a la familia. Son de origen inglés, pero llevan tanto tiempo viviendo aquí que la Sra. Foster parece casi más "tropézienne" que yo», asegura Andrea.

«Eva me dijo que conocía a Brian desde pequeño».

«Presumiblemente, si Brian y Scott tienen la misma edad, deben haber compartido sus juegos infantiles todos los veranos cuando la familia Livingstone venía aquí. A medida que crecían, continuaron viéndose», dice Steve.

De repente me pregunto si por eso Eva me dijo que las cosas estaban complicadas entre ellos. Apostaría a que a su familia no le agrada que se enamore del hijo del ama de llaves de los vecinos. ¿Pero tal vez me equivoque?

«¿Pero los otros chicos habrían estado dispuestos a encubrirlo si él fuera quien hiciera algo estúpido?», pregunta Mai Lan.

«Si hay un video, todos están en problemas, hayan tenido o no el volante en la mano», comenta Nathan.

«Bueno, realmente tenemos que proceder por eliminación», dice Andrea.

Todos miran fijamente los retratos del pequeño grupo, seguramente buscando una idea brillante.

«Creo que deberíamos empezar con Eva», sugiero. «Es su coche y en mi opinión podemos obtener información de él».

Andrea me mira con interés.

«Es una chica agradable, pero habla demasiado para su propio bien. Estoy segura de que puedo hacer que hable».

«¿Cómo crees que lo harás?», pregunta nuestro jefe.

Miro mi reloj y digo, «Anoche intercambiamos números. Es el momento perfecto para ofrecerle un almuerzo de chicas».

«Bien, dile que se reúna con nosotros en *Sénéquier*.

«Ella y *yo*. Tú te quedarás aquí. Es un almuerzo *de chicas* y, hasta que se demuestre lo contrario, tú no lo eres».

Este último comentario hace reír a Nathan. Andrea se vuelve hacia él y lo mira fijamente, haciendo reír al resto del equipo.

Andrea los observa con expresión molesta y se pellizca el puente de la nariz.

«Está bien, está bien, ya que los rumores corren tan

rápido en esta agencia como en una peluquería, puedo confirmarles que Madison y yo estamos juntos. Habiendo dejado esto claro, seguiremos trabajando como hasta ahora. Es decir que la última palabra la tengo yo, y *no se trata* de que salgas sola al campo».

Estoy a punto de protestar, pero Mai Lan me toma por sorpresa, «Si se me permite, Madison tiene razón, no hablamos de las mismas cosas entre chicas cuando los chicos están cerca».

Andrea suspira.

«No puedes ir con ellas, Mai Lan, tenemos que informar a Livingstone lo más rápido posible».

«Quizá puedas ir, pero siéntate un poco más lejos para vigilarnos. Eva no me va a atacar en el Puerto Viejo delante de todos. E incluso si lo hiciera, puede que yo no tenga tu formación, pero estoy segura de que ella tampoco. Yo fácilmente tendría la ventaja», propongo yo.

Andrea me observa y finalmente capitula, «Está bien, hagámoslo así. Bueno, todos a trabajar. Madison, ven conmigo, te equiparemos con un micrófono».

No creo que sea realmente necesario, pero si eso lo hace feliz...

Estar en una relación también significa hacer concesiones, ¿verdad?

Empiezo por contactar con Eva que está encantada con la invitación. Luego dejé que Andrea me pusiera un micrófono. Para evitar que alguien lo vea, tengo que asegurarlo debajo de mi vestido, así que tengo que quitármelo. Cuando me encuentro en ropa interior frente a él, veo que no duda en observarme desde todos los ángulos.

«¿Te gusta lo que ves?», pregunto, repitiendo sus palabras del día anterior.

«Una palabra tuya y estaría dispuesto a abandonar este

asunto del almuerzo para ocupar nuestro tiempo de una manera mucho más interesante».

Juego un poco con su autocontrol envolviendo mis brazos alrededor de su cuello.

«¿No acabamos de anunciarle al equipo que nuestra relación no nos impediría seguir siendo profesionales, *señor director*?».

Deja escapar un gemido y me da un beso en los labios antes de retroceder.

«Date prisa y vístete, no queremos hacer esperar a tu nueva mejor amiga».

Luego sale de la habitación y, mientras me pongo el vestido otra vez, pienso en la mejor manera de hacer que Eva hable. No voy a mentir, me gusta mucho la idea de poder investigar este caso también. Ahora me toca a mí demostrar que soy digna de la confianza depositada en mí...

30

ANDREA

Media hora más tarde de lo previsto, Eva finalmente se digna aparecer.

Toda sonrisas, Madison se levanta y la abraza.

«Lamento llegar tarde», le dice a Madison, «pero me tomó una eternidad encontrar un lugar para estacionar».

«¿No metiste tu auto al estacionamiento?».

Eva mira a Madison como si acabara de decir algo absurdo. Nunca se le pasó por la cabeza la posibilidad de llegar a pie a la terraza *Sénéquier* desde el estacionamiento del Nuevo Puerto.

«No, me harté tanto que lo dejé en la calle François Sibill», dice con aire satisfecho.

Sentado a mi lado en el bloque de concreto frente a la terraza, James pone los ojos en blanco. Ambos llevamos auriculares que nos permiten captar perfectamente todos los ruidos alrededor de Madison.

«Te dejaré por diez minutos», le digo a James. «Si hay algún problema, llámame, no estaré muy lejos».

James mira fijamente la mesa donde están sentadas Madison y Eva y asiente.

Un minuto después, curioso por saber dónde podría haber dejado Eva su coche en una calle mayoritariamente peatonal, dejé escapar un pequeño silbido de admiración. No sé cuántos puntos le quedan a Eva en su licencia, pero si pudiéramos canjear los perdidos mostrando creatividad, volvería a tener un récord perfecto.

Justo a la entrada de la calle, al principio de la zona de estacionamiento, consiguió lo imposible: crear su propia plaza para estacionarse. ¡Mis respetos! Su pequeño coche está mitad en la acera, mitad en la carretera, bien protegido por los bloques verdes que supuestamente limitan el acceso solo a los vehículos de dos ruedas.

Una joven fumando un cigarrillo a la entrada del Paso Gambetta sonríe ante mi mirada perpleja.

«¿Te preguntas cómo pudo haberlo hecho?», ella me dice. «Es simple, se subió a la acera. Ella me asustó, por un momento pensé que iba a romper mi ventana», cuenta, señalando con la barbilla hacia el frente de una tienda de ropa.

«¡Ah sí!, ¡qué atrevida!», comento, quitándome los auriculares para hacer una llamada telefónica.

Después de marcar el número de mi policía favorito en mi móvil, me acerco a la parte delantera del coche de Eva para examinar a la luz del día lo que había visto en el video de Madison. No es de extrañar que anoche no se hicieran reparaciones.

«No puedes prescindir de mí, me parece», declara Vivaudo, al levantar el teléfono. «En el cuartel la gente empezará a murmurar».

Últimamente su buen humor es un auténtico placer.

«Sobre todo porque llamo para hacerle una propuesta».

«Si quieres ganarte mi favor, ni siquiera intentes tentarme con una botella de vino o dulces».

«Ah, bueno».

«Maldita diabetes», explica.

«Oh, lo siento. Pero, al menos, la buena noticia es que la sorpresa que le tengo reservada no es comestible».

«Mejor».

«Pero de todos modos es perecedera», le digo. «Hay que consumirla en menos de treinta minutos, de lo contrario me temo que desaparecerá».

«Me intrigas, Bianchi».

«Así que lo invito a que venga y se de una vuelta hasta el estacionamiento de motos de la calle François Sibill con una grúa».

«Crees que eso es lo único que tengo qué hacer...»

«Allí encontrará un pequeño coche cuyo parachoques tiene una historia que contarle. Una historia que le fascinará...».

Sin escuchar el resto de mi frase, Vivaudo decide colgar. En el tiempo que tarda en colocar el auricular en el receptor, puedo oírle gritar a uno de sus hombres que saque un coche y vayan al Puerto Viejo.

Vuelvo a colocarme los auriculares y la voz grave del gendarme es reemplazada por una animada conversación entre Madison y Eva.

«Está bien, entonces dime, ¿cuál es el problema con Brian?», pregunta Madison.

«¿Quién te dijo que había un problema?», Eva responde a la defensiva.

«Bueno, fuiste tú», le dijo Madison en tono conciliador. «Me dijiste que *es complicado*».

Ella estalla con una risa ligeramente forzada.

«Y te diré una cosa, nunca nada es realmente complicado. La mayoría de las veces, las cosas parecen imposibles porque estamos demasiado cerca. Por eso te hice la pregunta. Ya sabes, a veces una perspectiva externa puede ayudar», le dice Madison.

«Es verdad, tienes razón, pero no en este caso. Para nosotros es realmente complicado», responde Eva en tono más suave.

«¿Quieres decir como "Romeo y Julieta"? ¿Sus dos familias están en guerra o algo así?».

«No, sería más bien como "Cumbres Borrascosas"».

«¿Un problema de clases sociales?», Madison le pregunta con incredulidad. «¡Pero estamos en el siglo XXI de cualquier manera!».

«¿Y eso qué cambia?», responde Eva. «No sé cómo será en tu casa, pero en mi mundo, una chica como yo no puede salir con el hijo de la señora de la limpieza».

«¿Incluso si es tan lindo como Brian?».

Me molesta el entusiasmo con el que Madison hace la pregunta.

«¡Especialmente si es tan lindo como Brian!».

De vuelta en mi puesto de observación frente a la terraza de *Sénéquier*, veo a Madison sacudiendo la cabeza.

«Déjame explicarte», dice Eva, acercándose a ella. «Brian es el hijo del *ama de llaves* de los Livingstone. Ama de llaves es una palabra políticamente correcta para referirse a una mujer de mantenimiento. Por eso Scott, Brian y yo nos conocemos desde que pasábamos los veranos en la costa. Básicamente, desde siempre».

«Ya veo», responde Madison.

«Cuando éramos niños, a nuestros padres no les importaba vernos jugar con Brian. Estaban muy contentos de poder dejarnos en casa de su madre todas las noches cuando salían».

«¿Se complicaron las cosas durante la adolescencia?».

«Sí. Brian y yo nos encontramos atrapados en el fuego cruzado. Primero, fueron mis padres. Dicen tener una mentalidad abierta, pero en realidad les aterroriza el qué dirá la gente. En serio, ¡son incluso más conservadores que mi abuela!».

«¿Te dieron un ultimátum?», pregunta Madison.

Es el turno de Eva de negar con la cabeza.

«Iban a hacerlo justo cuando Brian me dejó».

Su voz se ahoga y Madison toma su mano afectuosamente.

Estoy demasiado lejos para verlo, pero estoy dispuesto a jurar que Eva tiene lágrimas en los ojos.

«¿Por qué?», Madison susurra.

«Porque Scott le dijo que lo hiciera».

«Pero, ¿quién se cree que es para involucrarse entre ustedes?», Madison exclama con tanta convicción que James y yo no podemos reprimir una sonrisa.

«Scott está convencido de que en realidad estoy enamorada de él y que solo me interesé en Brian para hacerlo enojar».

«¿En serio? Pero le dijiste que estaba delirando, ¿verdad? ¿Les dijiste a ambos?».

«¡En todos los tonos!».

«¿Y entonces?».

«No quisieron escucharme».

Eva se inclina de nuevo hacia Madison y susurra en voz tan baja que ya no puedo adivinar que estoy escuchando sus palabras.

«Creo que Scott…».

Algo le llama la atención y levanta la cabeza.

«¡No!», grita, levantándose rápidamente.

Todos los que están al alcance de Eva giran la cabeza en la misma dirección para verla correr gritando detrás de un elegante coche descapotable que se lleva la grúa.

Por una vez, lamento la capacidad de respuesta de Vivaudo.

31

MADISON

Cuando finalmente logro alcanzar a Eva, parece totalmente aterrada.

«Oye, no es grave», trato de tranquilizarla. «Fue la policía quien acaba de llevarse tu coche; tarde o temprano lo recuperarás».

Una corazonada me dice que quizás no sea del todo casualidad que se llevaran su coche en este momento, cuando podría proporcionarnos muchas pistas valiosas...

«¡No lo entiendes!», exclama Eva. «¡No pueden! ¡No deben!».

Está al borde de un ataque de pánico, así que la agarro por los hombros y la obligo a mirarme.

«Respira. Es solo un auto. Nadie murió».

Hago una mueca por mi desacertada elección de palabras. Eva palidece y dice apresuradamente, «Necesito llamar a Brian».

Hago de cuenta no entender.

«¿Brian? ¿Pero qué va a poder hacer? No, lo que sugiero es que terminemos nuestro almuerzo y luego te llevaré al depósito de confiscación para que recojas tu auto. Es como ir al estacionamiento, excepto que te costará un poco más».

Pero Eva sigue moviendo la cabeza y las lágrimas asoman a sus ojos.

«No puedes entenderlo. Scott va a matarme», jadea. «Me dijo que llevara a reparar el auto. Y como siempre, no escuché, me demoré...».

Tengo la impresión de que no es a mí a quien le habla, sino a ella misma. Repite lo mismo varias veces. «Scott se pondrá furioso, Brian tendrá problemas...».

Decido arriesgarme.

«Escucha, Eva. Entiendo que hay algo que te preocupa además de la retirada de tu auto. Quiero ayudarte, pero necesitas contarme un poco más».

Ella me mira con asombro, pero al menos ha salido de su especie de letargo delirante. Me pregunto cuántas personas en su vida le han tendido la mano. Siento que no son muchas.

«Eva, sabes que trabajo para *Riviera Security*. Estamos acostumbrados a lidiar con los secretos de nuestros clientes. No voy a juzgarte, pero ¿tal vez pueda ayudarte?».

Secretos, eso es seguro, los manejamos con creces. Coquetear con la ley es algo común. Pero bajo ninguna circunstancia le voy a decir que encubrir un delito no es política de la casa.

Una lágrima rueda por su mejilla, parece totalmente indefensa. Entonces paso mi brazo sobre sus hombros para consolarla y le digo en voz baja, «Vamos, volvamos y sentémonos».

«No, no puedo volver a *Sénéquier*, nadie debería...».

«Está bien, sentémonos allí», le digo.

Señalo una banca, relativamente aislada, a la sombra de un platanero. Nos sentamos y saco un pañuelo de mi bolso.

Eva murmura un agradecimiento y se suena ruidosamente la nariz. Le dejo que se tome su tiempo, no quiero que entienda que estoy buscando información. Pero siento que ella aún no está lista. Voy a tener que terminar de ganarme su confianza. Definitivamente hay una manera...

Me lleva unos minutos decidirme. Intento enterrar esta historia un poco más cada día en lo más profundo de mis recuerdos. Sin embargo, tendré que desenterrarla. Si quiero que Eva me cuente sus secretos más oscuros, tendré que confiarle algunos de los míos.

«No te he contado cómo llegué a la Costa Azul», comienzo en voz baja.

Eva niega con la cabeza, y continúo.

«Conocí a un hombre... parecía el Príncipe Azul».

En los minutos siguientes, le cuento cómo Arkady me sedujo, me llevó a Francia y finalmente me utilizó. Le explico todo, hasta el más mínimo detalle: las drogas, la subasta, mi hermano y su equipo que vinieron a salvarme. Eva me escucha atentamente, me hace algunas preguntas a las que respondo directamente. Me doy cuenta de que esta es la primera vez que hablo con alguien fuera de nuestro pequeño grupo sobre esta parte de mi vida. Además, desde que salí del hospital ha sido más bien un tema tabú. Nadie saca el tema delante de mí. Finalmente, creo que me hace bien poner en palabras todo lo que viví durante esas pocas semanas de horror.

Cuando termino mi relato, Eva dice, «Nunca hubiera esperado algo así, te ves tan...».

«¿Normal?», pregunto.

«Sí, hubiera dicho llena de vida, alegre. Nunca me hubiera imaginado que habías tenido una experiencia como ésta hace apenas unos meses. ¿Cómo lo haces?

«¿Seguir sonriendo? Tengo la suerte de estar rodeada de grandes personas que me ayudan a seguir adelante».

Los rostros de mis colegas de Riviera Security Saint-Tropez pasan por mi cabeza. Es cierto que en pocas semanas se convirtieron en mucho más que simples compañeros de trabajo. Son amigos, una segunda familia. Los ojos negros de uno de ellos resaltan en mi mente, y como una idiota sonrío. Eva debe entender hacia dónde van mis pensamientos, porque pregunta, «¿Me equivoco o estás pensando en alguien en particular que te gusta?».

Vuelvo la cabeza hacia ella.

«No, sí hay alguien».

Pienso en el hecho de que Andrea ciertamente debe escuchar todo lo que digo. Que incluso puede haber detalles sobre Arkady que él no conocía. Pero no quiero tener secretos con él. Esta comprensión es a la vez emocionante y aterradora.

Los ojos de Eva se iluminan y reconozco la expresión de la chica apasionada por los chismes.

«Ay, ¡cuéntame más!».

Suelto una pequeña risa.

«Es bastante reciente…».

«¡Ah! Los comienzos de una relación siempre son emocionantes», dice aplaudiendo. «Hay todos estos momentos en los que te preguntas si realmente le gustas a la otra persona, si no vas a decir o hacer algo que pueda asustarla. ¡Y pasión! La pasión al principio es…».

Parece soñadora, así que casi me siento culpable por preguntarle, «¿Así fue como empezaste con Brian?».

En lugar de perder su sonrisa se vuelve nostálgica.

«Fue así, y aún mejor. Éramos muy jóvenes, pero parecía tan obvio», suspira.

«Lo amas mucho, ¿no?».

«Sí», responde con emoción. «Y no tengo dudas de que él también me ama. Me lo volvió a demostrar recientemente. Y es alguien leal a sus amigos y a su familia. Me gusta eso de él. Esto es muy raro en el entorno en el que me muevo».

Una teoría comienza a formarse en mi mente y le pregunto, «Es muy cercano a Scott, ¿no?».

«Sí, son como dos hermanos. Aunque…».

Le insto a que continúe.

«También es una de las razones por las que Brian y yo nos separamos. Scott está enamorado de mí».

Esta es la segunda vez que lo menciona, pero estoy sorprendida. Durante la velada no noté que Scott le prestara más atención de la normal a Eva. La prueba es que todavía apareció conmigo bajo el brazo.

«Oh, ya sé lo que estás pensando», responde la guapa mexicana. «Ya le he explicado a Scott que es un muy buen amigo para mí, pero que no habrá nada más. Así que su gran juego es tratar de ponerme celosa con regularidad. Excepto que todavía no ha comprendido que eso no funciona. Lamento que te haya usado…».

«No te preocupes, como te dije, ya tengo a alguien».

Pero esta última información me hace ver la historia del accidente desde una perspectiva diferente. ¿Y si Scott hubiera estado detrás del volante? Si se lleva tan bien con Brian, bien podría haberle pedido que le ayudara a deshacerse del peluquero. Sin embargo, ¿asumiría este último tantos riesgos, incluso por su mejor amigo? A menos que él también estuviera en el auto.

Mi teléfono vibra en mi bolso y lo miro. Cuando veo que es un mensaje de texto de Nathan, lo abro.

N: Brian no puede ser el conductor, estudia en París y

no regresó a Saint-Tropez hasta el día después del accidente.

Bien, entonces mi teoría se desmorona. Estoy un poco decepcionada, pero hay que mirar el lado positivo; el cerco se estrecha. Ya podemos eliminar a Brian de la lista de conductores.

192 TAMARA BALLIANA & OLIVIA RIGAL

no regresó a Saint-Tropez hasta el día después del accidente.

Bien, entonces mi teoría se desmorona. Estoy un poco decepcionada, pero hay que mirar el lado positivo; el cerco se estrecha. Ya podemos eliminar a Brian de la lista de conductores.

32

ANDREA

El mensaje de Nathan aparece en mi teléfono celular y en el de James.

«¿No crees que era Scott quien conducía?», me pregunta.

Asiento con la cabeza.

Scott pasó a ocupar el primer lugar de mi lista de sospechosos cuando Eva dijo que la iba a matar por retrasar la reparación de su coche. Ahora que Brian está fuera de la ecuación, el joven Livingstone ha conseguido una buena ventaja en la carrera.

«Vamos a perder un gran cliente», comenta.

Tiene razón, aunque *Riviera Security* no es en modo alguno responsable del accidente, ya que, desde Sófocles, todo el mundo sabe que no es bueno ser portador de malas noticias.

«A menos que dejemos que Vivaudo cierre el caso él solo», añade James, pensativo.

«Los negocios…».

James frunce el ceño.

«Pues no, ya se acabaron los robos, ¿no crees?».

«No del todo, el asesinato del peluquero todavía queda por resolverse», dije.

«Asesinato que establece el vínculo entre el accidente y los robos o presuntos robos», añade James.

«Sí, pero lo que me molesta es que, si bien puedo ver a Scott escabulléndose después de atropellar a alguien, no lo veo ensuciándose las manos».

«Se te olvida que Eva y Scott no eran los únicos en el coche el día del accidente».

James tiene razón. Por cada villa donde algo ha desaparecido, hay un chico involucrado. También podemos imaginar que hubo uno que se negó a cooperar y que fue quien atacó al peluquero. Necesitaríamos que uno de ellos cediera y nos dijera cuántos iban en ese pequeño descapotable.

En un mundo perfecto, Madison conseguiría convencer a Eva para que confiara en ella y eso sería todo... pero aquí y ahora, a unos seiscientos metros de distancia, aferrada al brazo de Madison, Eva parlotea como una urraca, sin decirnos nada interesante.

Estoy siendo injusto. Ella demuestra apasionadamente cuánto está enamorada de Brian. Para seguirlo a París se matriculó en la Sorbona, pero la universidad era demasiado difícil para ella, mientras que para Brian...

«Parece seriamente prendada de él», me señala James.

«¡Completamente prendada!».

Ella me recuerda a Matteo. Él también se enamoró perdidamente desde el kínder y no ha podido superarlo. Al igual que Lucia, Brian parece haberle roto el corazón a su alma gemela mil veces. Cuanto más repito la escena que tuvo lugar frente a mí en el *Giro*, más me digo a mí mismo que, al igual que Lucia la otra noche, Brian resbaló y perdió el control de su vida.

Están bajo cierta influencia.

Mi hermana, bajo la influencia de una terrible enfermedad.

Brian...

¿Podría estar bajo la influencia de los padres de Eva? Si todavía piensan en términos de clases sociales, como cree su hija, entonces, para evitar una mala alianza, podrían haberle prometido a Brian una buena beca para que deje de dar vueltas alrededor de su hija.

Pero Brian también podría haber sido influenciado por Scott. Una especie de lealtad absurda que le habría llevado a alejarse de Eva por amistad. Pero ¿qué clase de amigo sería Scott para exigir tal cosa?

A menos que fuera el propio Livingstone quien interviniera para dejar paso a su hijo. No sería la primera vez.

Mi teléfono vibra, es Ted.

«Qué bueno, iba a llamarte», le digo al contestar.

«Tengo la impresión de que has tenido un día ajetreado», me responde con sarcasmo.

Ted nunca resiste la tentación de jugar con el mito de la pereza sureña. Probablemente porque las primeras veces que me provocó, me enfurecí rápidamente. Hoy, en lugar de ofenderme, sigo el juego.

«No te preocupes, todavía me tomé el tiempo para tomar una pequeña siesta y ahora, James y yo estamos dando un pequeño paseo digestivo antes de tomar un descanso para la merienda».

«Vivaudo me acaba de llamar», me dice Ted, volviendo a temas serios.

¿Ya? ¡Pero el auto de Eva apenas fue remolcado hace dos minutos!

«¿Que quería?», pregunto.

«Devolver el favor compartiendo con nosotros los resultados de la autopsia del peluquero», dice Ted.

«¿No murió a causa de sus heridas?».

No vi el cuerpo, pero por el aspecto de las personas que lo examinaron, no pudo haber sido bonito a la vista. Por eso me imaginé que había muerto a causa de los golpes.

«No, en realidad, murió a causa de la rotura de un aneurisma congénito por el que había estado bajo observación durante años».

«¿No se pueden operar estas cosas hoy en día?», pregunté.

A menos que mi memoria me esté jugando una mala pasada, creo que Aria nos contó sobre esto durante su rotación de neurología. La idea de que pudiéramos reparar los vasos dañados del cerebro me fascinaba y al mismo tiempo me aterrorizaba.

«Sí, pero no el suyo. En definitiva, según el informe, no murió por la fractura de nariz, sino por la granada que tenía en el cráneo. El forense habló con el médico tratante y coincidieron en que este tipo era como una bomba de tiempo que debería haber estallado hace años».

«Espera, no lo entiendo bien. Si era como una granada, como dices, debieron relacionar la muerte con que lo habían sacudido, ¿no?».

«Tienes razón, la analogía no es buena pero bueno, se presentó la denuncia y el veredicto es "muerte natural". Como el chico no parece tener familia, nadie volverá y lo cuestionará».

«Supongo», digo, perplejo.

«Entre tú y yo, me pregunto si no les conviene también calificar esto como una muerte accidental. Y tú, ¿qué querías decirme?»

«La situación está empeorando cada vez más para Scott Livingstone».

«¿Qué ha vuelto a hacer ese idiota?».

La exasperación que emana de la respuesta de Ted me lleva a imaginar que no es solo la agencia Saint-Tropez la que ha tenido que lidiar con las consecuencias de los actos del hijo de los Livingstone para suavizar las cosas. En nuestro caso, nunca pasó nada grave, Scott no fue el peor de los adolescentes. Pero, aunque suene muy anticuado, sigo convencido de que no le hicimos ningún favor al permitirle escapar impune.

La impunidad se le habrá subido a la cabeza hasta el punto de darle un sentimiento de omnipotencia.

Le explico brevemente mi teoría a Ted y luego prometo mantenerlo informado. Luego sigo escuchando la conversación de las chicas.

«¿Quieres que te deje en el depósito de vehículos?», Madison le pregunta a Eva mientras ambas suben al auto.

«No, prefiero que me lleves a casa, si no te molesta», responde Eva.

«Pero, ¿qué vas a hacer con tu coche?», Madison se sorprende.

«Ah, es fácil, le voy a decir a papá que me lo robaron y que me tiene que comprar otro».

En la familia desconectada de la realidad del mundo, hemos encontrado a la hija.

33

MADISON

Después de dejar a Eva, vuelvo a la agencia, pero me sorprende no encontrar allí a Andrea.

«Lo dejé en Grimaud, me dijo que tenía algo que hacer, ya no sé más», me dice James, a quien acudo para buscar información.

Por supuesto, no se le ocurrió hacer más preguntas... es un chico después de todo.

Tampoco puedo culparlo por no interrogar a su jefe, susurra la parte racional de mi cerebro.

Regreso a mi puesto en un estado de extrema frustración. Aún no he logrado que Eva suelte la sopa y, justo cuando pensé que podría discutir el asunto con Andrea, él decidió hacer de aventurero. ¡Ni siquiera me envió un mensaje!

Entonces, cuando llega la hora oficial en la que se supone que debo terminar mi trabajo, y sin saber nada de él, tomo mi bolso y me voy a casa. Después de todo, si el señor ha decidido que no es necesario reportarse, no veo por qué debería esperarlo aquí. Y si quiere hablar conmigo, sabe dónde encontrarme.

Después de una buena ducha, me siento frente al televisor y empiezo a mirar una de mis series favoritas. Pasan las horas sin que me dé cuenta. Y, sin embargo, no fueron las aventuras de los actores en pantalla las que me permitieron aclararme la cabeza, sino todo lo contrario. Si me pidieran que resumiera los pocos episodios que acabo de ver, sería completamente incapaz de hacerlo. Mi cerebro está demasiado ocupado ideando teorías sobre el accidente y el asesinato del peluquero. Además, a mi pesar, espero una señal de vida de Andrea. Acabo de comprobar por quinta vez que el timbre de mi teléfono está encendido y me sobresalto al menor ruido en el hueco de la escalera.

Pero por ahora, estas solo han sido falsas alarmas.

No es hasta alrededor de las 10 p. m., mientras estaba medio dormida en mi sofá, que mi teléfono vibra para recibir un mensaje.

A: Solo para informarte que tenemos una reunión mañana a las nueve con Livingstone y Ted. Buenas noches.

Aunque acompañó su mensaje de texto con un emoji de beso, me sigue desconcertando. Si no me hubiera contado sobre la reunión de mañana con Ted, casi podría creer que cometió un error y me envió un mensaje para una de sus hermanas por error. Le respondo:

M: ¿Estás en casa?

Su respuesta tarda en llegar, lo que me da aún más tiempo para desarrollar teorías, algunas de las cuales son un poco descabelladas, lo admito.

A: No, tengo algunas cosas en las que ocuparme, llegaré tarde a casa. Nos vemos mañana. Besos.

Cada vez mejor, ahora me está mandando… ¿besos? El beso, aquí en Francia, es lo que se le da a un amigo, no a… ¿qué soy yo exactamente? ¿Su novia? Aún así, antes de irse a almorzar, tenía bastante claras sus intenciones, ¿verdad? Incluso llamó a Ted...

¿Y cuáles son esas cosas en las que tenía qué ocuparse? No he oído que tengamos un caso nuevo o una emergencia. Bueno, estuve fuera de la agencia esta tarde, pero alguien me lo habría dicho si hubiera tenido que ir a ver a un cliente...

Mi cerebro funciona a 100 kilómetros por hora. Por un lado, quiero levantar el teléfono y llamarlo. Por otro lado, me digo a mí misma que si me envió un mensaje es precisamente porque no quiere hablar conmigo. Esta idea me hace llorar. ¿Qué podría haber hecho yo, en unas pocas horas, para que ni siquiera quisiera coger el teléfono y llamarme? Incluso si está en la agencia, ¿no puede dedicar dos minutos libres para mí?

No, algo debe haber pasado. Estoy enojada y decepcionada también. Estos últimos días he tenido la impresión de descubrir a un hombre con un corazón mucho más grande que cualquiera que haya conocido hasta ahora. Alguien que no duda en hacer todo lo posible por su familia, sus colegas, sus clientes o incluso su conserje. Estúpidamente pensé que era parte de esta lista, parece que no soy tan importante a sus ojos como pensaba.

Pero ¿qué podría haber transformado al hombre que de nuevo esta mañana me devoraba con la mirada, mientras ponía el micrófono en mi cuerpo, en alguien que se dirige a mí como lo haría con cualquiera de sus empleados?

Solo después de varios minutos, reflexionando sobre mi día, finalmente encuentro la explicación. Mi conversación con Eva. O, mejor dicho, las confidencias que le hice sobre mi relación con Arkady. Todo el tiempo me había estado escuchando...

Acaso...

Definitivamente eso es. Estoy convencida de ello.

Esta vez no puedo contener las lágrimas. Estoy triste, estoy enojada. Por supuesto, soy la primera en admitir que fui ingenua. Ingenua por creerle a un hombre que me prometió montañas y maravillas, cuando solo buscaba una chica para venderla al mejor postor. Estoy muy molesta, más que nunca, por haberme acostado con este cabrón, por haber creído que él sería mi salida a un mundo mejor. No es que tuviera sueños de grandeza. Solo quería tener a alguien cerca de mí, alguien que me hiciera sentir hermosa, amada. Alguien cuya prioridad fuera yo.

Pensaba que Andrea lo había entendido. Y que, aunque solo hubiera sido testigo del resultado de la misión que me permitió ser liberada, estaba al tanto de lo que había sucedido entre Arkady y yo. Que no solo me había secuestrado, sino que yo lo había seguido de buena gana.

Así que imagino que se habrá sorprendido cuando se enteró de eso. ¿Pero es esa una razón para darme la espalda? ¿Ignorarme? Creo que me siento aún más sucia que cuando me di cuenta de lo que Arkady esperaba de mí. Y nunca pensé que un hombre me rechazaría por mi pasado, especialmente Andrea.

Esta idea me mantiene despierta la mayor parte de la noche. Alrededor de las dos de la madrugada lo escucho llegar a casa. Podría levantarme e ir a enfrentarlo, pero ¿cuál es el punto? Eso no cambiaría su opinión sobre mí, ¿y quiero convencerlo?

Me levanto temprano, de ninguna manera voy a ir al trabajo con él. Él no me lo pidió de todos modos. Se me pasó por la cabeza la idea de faltar al trabajo, pero cuando asumí este puesto le prometí a Ted que no lo tomaría a la ligera. Así que se lo debo a él, al resto del equipo y a mi hermano de cumplir mi palabra.

Nunca comentamos concretamente la fecha de finalización de mi contrato. La idea era trabajar aquí durante el verano, ingenuamente había pensado que la experiencia podría continuar más allá. Pero tengo que afrontar los hechos, puede que esto no sea una buena idea. Quizá debería aprovechar que Ted esté aquí para discutirlo con él. Si tengo que regresar a Estados Unidos, mejor lo hago antes de que empiece el año universitario. ¿Quizá sería bueno para mí tomar algunas clases en mi Community College? Y con mi experiencia en *Riviera Security*, podría conseguir un trabajo adicional en una empresa de seguridad local.

Me aseguro de llegar temprano a la agencia, sé que nuestro jefe también estará allí al amanecer. Cuando me ve llegar, parece sorprendido.

«Oye, que bueno que estás aquí, tenía que hablar contigo en privado», me dice.

Me lleva hacia la sala de reuniones, desierta a esta hora. Ted es más del tipo que va directo al grano cuando quiere discutir algo, así que cuando lo veo dudar, me sorprende.

«Bueno… si quería hablar contigo es porque…», titubea. Respira profundamente y... ¿se sonroja?

¿Esto es una broma? El gran Ted Carter, jefe de *Riviera Security*, que según mi hermano y Jimmy es capaz de construir una bomba con dos trozos de alambre, de matar a un hombre con sus propias manos, y que ha resistido no sé cuántos despliegues en Afganistán, ¿se sonroja?

«Madison, si quiero hablar contigo no es como tu jefe, sino como un amigo. Y en ausencia de tu hermano, me siento un poco responsable...

Dios mío, la última vez que vi a un hombre tan avergonzado fue el día que Ken tuvo que sermonearme sobre las abejas recolectoras. Y cuando después de dos minutos me di cuenta de que su explicación no tenía nada que ver con insectos y que mi hermano mayor estaba tratando desesperadamente de hablarme sobre sexo, tuve uno de los ataques de risa más memorables de mi vida.

Pero hoy no quiero reírme.

«Creo que puedes abstenerte, no hay nada que decir al respecto».

Ted parpadea.

«Pero ayer hablé con Andrea por teléfono y él…», se interrumpe.

«No hay nada que decir. Lamento haberte molestado con esto. Y probablemente tenías razón al prohibirle que se acercara a mí», le respondo.

Parece completamente perdido y lo entiendo. En menos de 24 horas le cuentan todo y algo más.

Respiro profundamente.

«Pero que bueno que tenemos dos minutos para hablar, quería hablarte sobre el final de mi contrato».

34

———————

ANDREA

La alarma suena y la envío volando al otro lado de la habitación. Apenas había logrado conciliar el sueño. Me arrastro hasta la ducha. Bajo el agua helada, me digo a mí mismo que lo hice bien. Pero, aunque sé que tomé la decisión correcta, ayer fue el día más difícil de mi vida. Mi corazón todavía está herido por los gritos de Lucia cuando se enteró de que la iban a poner en régimen de aislamiento durante varios días.

Esta mañana solo tengo a Aria.

Maldecido por mi gemela, repudiado por mi madre y el resto de mis hermanas, condenado a mil muertes por Matteo, he tenido mi dosis de drama durante tres vidas enteras. Por supuesto, sé que en algún momento se calmarán, pero la violencia de su reacción me tomó por sorpresa.

Debo pensar en otra cosa.

La confrontación con Livingstone y su hijo.

Tampoco es diversión, pero una cosa es segura, seré mucho más imparcial.

La charla que necesito tener con Madison.

Cierro los ojos y subo la temperatura del agua.

Ya estoy bastante castigado como para no añadir más.

Ayer vislumbré la magnitud del trauma infligido por Arkady y me he cuestionado.

Fue traicionada por el primer hombre del que se enamoró, ¿no es demasiado frágil para tomar decisiones que podrían afectar su futuro? ¿Habrán sido suficientes las últimas semanas para permitirle recuperar el equilibrio? ¿Fue realmente una buena idea que esta pasantía de verano se decidiera impulsivamente?

Entiendo que Madison quería protegerse del destino y demostrarse a sí misma que podía estar en el mismo escenario de su desventura, antes de regresar a casa para terminar sus estudios... excepto que ahora no quiero que regrese.

Puede fácilmente terminar sus estudios aquí o comenzar otros nuevos. Me gano la vida lo suficientemente bien como para que ella pueda realizarlos sin siquiera tener que trabajar. Incluso Ted pareció pensar que era una buena idea cuando lo llamé para contárselo. Hasta me comentó que no veía qué haría ella en Estados Unidos cuando su hermano viniera a establecerse aquí.

Me visto mientras reviso mis mensajes. Solo hay uno. Es Aria quien me dice que Lucia pasó una buena noche. A través de una amiga suya que está en el pabellón psiquiátrico, se enteró de que mi gemela se comportaba como los niños que llegan por primera vez al kínder y que, en cuanto sus padres les dan la espalda, dejan de llorar y salen a descubrir su nuevo mundo.

El trayecto hacia la oficina es en automático y me estaciono la agencia diez minutos después de la hora en que le pedimos a Livingstone que trajera a su hijo. Si hay algo por lo que Ted es riguroso es por la puntualidad.

«Hablaremos tan pronto como salga de la reunión», le

digo a Madison, caminando por el área de recepción sin detenerme.

Apenas tiene tiempo de levantar la vista de la pantalla cuando ya he desaparecido.

En la sala de reuniones, Livingstone tiene la mirada fija en su hijo. Por su expresión sombría, creo que espera lo peor. No está del todo equivocado.

«¿Sabes de lo que está hablando el señor Carter?», él grita.

Scott está casi acurrucado en su asiento, con los ojos pegados al platillo de su taza de café, como si allí se ocultara una salida milagrosa.

«Scott, mírame», insiste.

En vano.

Livingstone se vuelve hacia nosotros y suspira.

«Bueno, no vamos a pasar la mañana aquí. ¿Qué ha hecho?».

«Creemos que es responsable de un accidente mientras conducía el coche de Eva Méndez», anuncia Ted.

Livingstone suspira y saca una chequera del bolsillo.

«¿Cuánto?, pregunta sin pensar.

«Me temo que no es tan simple, Sr. Livingstone», digo, tomando asiento alrededor de la mesa.

Por el tono de mi voz, entiende que no se trata de una simple cuestión de lámina arrugada.

«Estoy escuchando», dice con voz llana, soltando el bolígrafo.

«Scott, ¿quieres decírselo tú o quieres que lo haga yo?», pregunta Ted.

El chico finalmente levanta la vista y fija su mirada en el jefe.

«Creo que sería mejor que le dijeras tú, cuando hablo no me escucha. La noche del accidente lo llamé para decirle que necesitaba hablar con él, que era urgente. Nunca se molestó en contestarme».

«Sí, lo siento, estuve en una negociación muy apretada y luego se me olvidó. Además, te olvidas de que llevo aquí más de una semana», protesta el padre.

«Y durante estos siete días no has tenido ni un minuto para mí», responde el hijo.

Ted mira a uno y a otro y veo en él una compasión que me impresiona. Parece tener tanta lástima por este padre que está demasiado ocupado haciendo crecer su fortuna para no poder pasar tiempo con su hijo, con este hijo mimado que ya no sabe qué inventar para mantener la atención de su padre.

«El peatón atropellado murió antes de llegar al hospital», digo para poner fin a su infructuosa discusión.

Los hombros de Livingstone se desploman. Se vuelve hacia su hijo y niega con la cabeza. Scott abre la boca como si fuera a decir algo, luego la cierra sin emitir un solo sonido.

Al padre angustiado le bastan menos de tres segundos para dar paso al formidable hombre de negocios. Livingstone se levanta y luego se vuelve hacia mí. Finalmente, se vuelve hacia su hijo.

«¿Creen que el fiscal podría olvidarse del atropello y fuga si se entrega ahora?».

«Si va ahora, antes de que venga la policía a buscarlo».

«Entonces vámonos», dice Livingstone, levantándose tan bruscamente que su silla cae hacia atrás.

Camina hacia la puerta y se vuelve hacia su hijo.

Scott lo mira y niega con la cabeza.

«No hay necesidad de apresurarse», le dice, «de todos modos me darán la pena máxima».

«Pero no», le dice Livingstone, «con un buen abogado se puede conseguir un indulto».

«Por el accidente de coche, tal vez, pero no por Hervé», responde Scott.

Ted y yo intercambiamos una mirada. ¿Pero de quién podría estar hablando?

De repente se enciende una luz. Está hablando del peluquero.

«De Hervé, me ocuparé yo», le digo a Scott. «Pero con una condición».

«Lo que quieras», me responde.

«Brian y Eva...».

Sin darme tiempo a terminar la frase, él a su vez salta de su silla.

«Está bien», responde.

Dos pasos y se reúne con su padre. Ambos cruzan la puerta como si el diablo los siguiera.

Cuando Ted cierra la puerta detrás de ellos, miro mi teléfono, que no ha dejado de vibrar desde que entré a la habitación.

«Andrea, ¿estás bien?».

Levanto la vista de mi pantalla y sacudo la cabeza.

«Ayer, tuve que hacer que encerraran a Lucia y ahora mi madre acaba de ser internada de urgencia por un problema cardíaco».

«Pero, ¿qué hacemos aquí?», me pregunta. «Vamos, te llevaré al hospital».

35

MADISON

«Señorita Dylan, ¿puede oírme?».

«Sí, discúlpeme», le respondo al cliente que se impacienta al otro lado de la línea al darse cuenta de que mi mente está en otra parte. «Lo siento, pero el señor Bianchi no está disponible en este momento».

«¿Sabe a qué hora puedo comunicarme con él?».

«No tengo idea».

Y, sin embargo, me gustaría tener la respuesta a esta pregunta. Y todas las preguntas que me he estado haciendo desde que Andrea salió por la puerta, con Ted siguiéndola de cerca. Ninguno de ellos siquiera me miró. Bueno, ambos estaban hablando por teléfono, y yo también... ¡pero aun así!

Después de mi conversación con Ted esta mañana, estaba convencida de que tal vez había causado un pequeño desastre anoche. Cuando le dije a nuestro gran jefe que podría estar considerando regresar a Estados Unidos, frunció el ceño y su primera pregunta fue: *¿has hablado con Andrea al respecto?* Obviamente le dije que no necesitaba a un hombre, fuera quien fuera, para tomar decisiones sobre mi futuro. Y Ted respondió que, aunque estaba de acuerdo conmigo en este punto, pensaba que era necesaria una discusión entre Andrea y yo.

Luego me miró con sus grandes ojos azules.

«Madison, conozco a Andrea desde hace tres años. Es alguien que tiene grandes cualidades y aunque teóricamente es mi empleado, también se ha convertido en un amigo. Es mucho más reflexivo de lo que podrías pensar a primera vista, y además tiene una cualidad que aprecio por encima de todas, ¿sabes cuál?», me dice.

«No».

«Ni una sola vez ha cuestionado una de mis órdenes. Y muestra una lealtad, en el trabajo y en la vida, que nunca he puesto en duda. Ni una sola vez, antes de esta semana, ha cuestionado ninguna de mis decisiones. Y, sin embargo, ayer mismo me llamó para decirme que había transgredido una de ellas. ¿Tienes alguna idea de lo que estoy hablando?».

Asiento en silencio. Entiendo que Ted y Ken le han prohibido estrictamente acercarse a mí.

«Entonces, si Andrea se molestó en arriesgar su carrera y su amistad conmigo por ti, creo que le debes al menos una conversación sincera».

No me atrevo a preguntarle a Ted a qué hora lo llamó Andrea. Tengo demasiado miedo de descubrir que todo este intercambio ha tenido lugar antes de que Andrea supiera todo sobre mi pasado. Pero las palabras de Ted me hacen pensar y decido que realmente necesitamos tener una conversación. Mejor llegar al fondo del asunto en lugar de hacer suposiciones.

Pero eso fue antes de que Andrea corriera a la agencia con el tiempo justo para prometerme una conversación, solo para olvidar este compromiso unos minutos más tarde.

Sospecho que para que se marchara como si estuviera en llamas, hay una emergencia.

Pero, ¿por qué no me pidió también estar presente en el enfrentamiento con Livingstone? Después de su mensaje de ayer, pensé que me invitarían a esta pequeña fiesta. Pero no, la interna sigue siendo eso, una interna...

Y sobre todo creo que ya no tengo las ideas claras.

Decido ir a ejercitar mis nervios en la máquina de café. Mientras el agua corre, Mai Lan entra a la sala de descanso.

«¿Sabes adónde han ido Ted y Andrea?».

«¡Maldita sea! ¿Por qué todo el mundo me hace esa pregunta?», exclamo.

Mi colega me mira con los ojos muy abiertos como platos y luego corre hacia la tetera para probablemente evitar que le grite más.

«Lo siento», digo con voz más tranquila. «No dormí bien y estoy un poco nerviosa, no debí desahogarme contigo».

«No hay problema».

Me hace una señal para que ocupe la pequeña mesa de la esquina y se sienta a mi lado.

«¿Quieres hablar de eso?», ella me pregunta.

Coloco los codos sobre la mesa y sostengo mi cabeza entre mis manos.

«Yo… no lo sé. Siento que estoy frente a un dilema, pero no tengo todas las cartas en mis manos... estoy perdida».

Una sonrisa aparece en sus labios.

«Déjame adivinar, ¿esto tiene algo que ver contigo y Andrea?».

«¿Es tan obvio?».

«Hay muchas cosas que pueden poner histérica a una mujer, pero no pareces del tipo que se enoja porque tu manicurista no tiene más espacios disponibles esta tarde».

Este comentario logra hacerme sonreír.

«¿De verdad hay mujeres que se ponen histéricas por cosas tan pequeñas?».

Ella hace una mueca.

«Estás en Saint-Tropez, cariño, hay dramas por mucho menos que eso».

Mi teléfono sobre la mesa vibra y salto sobre él tan rápido que Mai Lan no puede reprimir una sonrisa burlona detrás de su taza.

T: Reúnete con nosotros en el hospital, Andrea te necesita.

«Es Ted, me pide que me reuna con ellos en el hospital».

Mai Lan también está sorprendida. Pero a medida que empiezan a formarse muchas teorías en mi cabeza, ella sugiere, «Puede que tenga algo que ver con el asunto Livingstone, ahí podría estar uno de los sospechosos».

Es cierto que el mensaje no sugiere que sea Andrea quien está herido, ni ningún otro motivo personal que requiera mi presencia. Tal vez es solo que necesita que vaya a buscarle un café, que tome notas…

Vaya, incluso en mi cabeza, parecen las palabras de una chica amargada. Tengo que respirar, y no hacerme ideas antes de tener toda la información.

Me levanto.

«¿Madison?», me llama Mai Lan.

Me detengo y me giro hacia ella.

«No sé de qué culpas a Andrea ni qué pudo haber pasado entre ustedes para ponerte en este estado. Pero… ya sabes, en general soy bastante buena leyendo a la gente, y tan pronto como entré por la puerta de esta agencia, el día de mi entrevista de trabajo, estaba segura de una cosa, este tipo sería capaz de besar el suelo que pisas, si se lo pidieras».

La observo y sería mentira decir que lo que acaba de decir no trae consuelo a mi corazón.

«No creo que tenga el mismo don que tú», respondo finalmente. «A veces saco conclusiones precipitadas sobre las personas. Como contigo, por ejemplo. Te odié tan pronto como cruzaste la puerta».

Ella se echa a reír.

«¿Y ahora?», me pregunta.

«Está bien», digo, encogiéndome de hombros. «Eres genial. Aunque todavía tengo celos de tu colección de zapatos».

Ella me guiña un ojo.

«Ve, reúnete con tu galán moreno», me dice ella.

No necesito que me lo vuelvan a repetir y simplemente me detengo para agarrar mi bolso. Al momento siguiente, me dirijo al hospital.

Intercambio algunos mensajes con Ted para saber exactamente dónde encontrarlos. Cuando me habla de cardiología, cada vez me hago más preguntas.

Termino llegando a un pasillo saturado de olor a desinfectante. Doy algunos pasos, sin tener idea de qué hacer ahora. Aquí es donde escucho voces, en su mayoría femeninas. La discusión parece animada y no entiendo todo, porque hablan rápido y están salpicados aquí y allá de palabras en otro idioma. Italiano, diría yo. Pero cuando responde otro timbre más grave, ya no tengo dudas. Andrea está aquí.

Me acerco a la puerta de una habitación y lo que allí descubro no me agrada.

36

ANDREA

«Tú no tienes nada que hacer aquí», me repite Chiara por enésima vez desde que llegué al hospital.

Me da la espalda y se para frente a Aria, con los puños en las caderas. Es una copia exacta de la pose que hacía nuestra madre para regañarnos cuando éramos niños.

«¡Y tú tendrás que elegir tu bando porque somos Italia, no Suiza!».

La neutralidad de Aria claramente no le cae bien al resto de los hermanos. Si ella no me hubiera avisado, nadie me habría llamado. Estoy enojado, pero sobre todo estoy afectado, conmocionado, insultado...

Aria pone los ojos en blanco, pero no dice nada más.

«¿De verdad quieren que me vaya?».

Michella y Victoria bajan la cabeza para evitar mirarme a los ojos, mientras Chiara asiente enérgicamente.

«Elena tampoco quiere volver a verte nunca más», añade Chiara. «Eso me dijo cuando la llamé ayer para decirle que habías encerrado a Lucia. Estaba loca de rabia. Incluso está lista para regresar de Japón para ayudarnos a liberarla».

Sin embargo, Elena es la más tranquila entre nosotros. Una auténtica anomalía genética, tiene la paciencia de un ángel. Una cualidad esencial para un profesor. Saber que ella también se niega a entender que ya no teníamos otra opción, me entristece profundamente.

Abro la boca para intentar explicarles una vez más que lo que hice no fue *contra* mi gemela sino *por* ella, cuando Aria me da el golpe final.

«Andrea, tal vez sería mejor que te fueras».

La miro fijamente, incrédulo.

«No puedes hablar en serio».

Aria se retuerce las manos.

«La van a llevar de regreso a su habitación en dos minutos, y aunque no haya sido un infarto, todavía necesita un poco de tranquilidad. Lo último que necesita es oír gritos...», insiste ella.

«¡Pero no soy yo quien está gritando!», protesto.

Durante más de veinte años tragué toneladas de: *Pero tú eres el mayor, tienes que esforzarte.* Hoy esto simplemente no sirve de nada.

«Te advierto, si me voy...»

«¡Andrea, no digas nada de lo que te arrepientas mañana!».

Estas palabras no vienen de Ted, sino de Madison, que acaba de cruzar el umbral de la puerta de la habitación en la que esperamos a mi madre, una habitación que empieza a parecer muy estrecha. Cuatro de mis hermanas, Madison, Ted y yo, eso es mucho.

«¿Pero por qué se involucra la interna?», Chiara ladra. «Esta es una disputa privada, hay que ser Bianchi para tener voz».

«Si yo fuera tú, bajaría el tono», le susurra Ted. «Madison está muy resentida y si no quieres que tu futura cuñada te haga comer tus palabras en cada cena familiar durante los próximos treinta años, vas a empezar por disculparte».

Las cejas de Chiara se elevan hasta el techo y todas las miradas se vuelven hacia Madison, que parece ser la única que no ha oído la bomba que Ted acaba de lanzar en la habitación, una bomba que cogió a Chiara tan por sorpresa que se quedó sin palabras.

«Y ustedes», dice Madison, dirigiéndose a mis hermanas. «En serio, ¿no pueden hacer un esfuerzo? ¿Creían que habían perdido a su madre y lo único que pueden hacer en lugar de alegrarse de que sea una falsa alarma es pelearse como ropavejeras?»

«No perdonan que él haya tenido que encerrar a Lucia», explica Aria.

Madison se vuelve hacia Michella, Victoria y Chiara, quienes se han unido como para presentar un frente unido para resistir el huracán Madison.

«Ah, ya veo», dice. «Porque hubieran preferido que ella terminara en una celda de la gendarmería, compartiendo espacio con todos los borrachos, drogadictos y locos detenidos durante la noche, antes de ser examinada por el primer médico de guardia que la habría encerrado, ¿Dios sabe dónde?».

Ella recupera el aliento mientras mis hermanas digieren la información y luego continúa.

«Porque eso es lo que Andrea quería evitarle a Lucia. ¿Creen que estuvo feliz de tomar esta decisión? ¿Se imaginan por dos segundos que pudo haberlo hecho por la bondad de su corazón? No, obviamente no. Pero se hizo cargo de ella cuando debieron haberlo decidido como familia antes de que su estado empeorara hasta el punto de ponerla en riesgo de que cayera en prisión».

Madison se acerca a mí y pasa su brazo por el mío.

«Andrea y yo vamos a bajar a tomar un café para que tengan tiempo de pensar», dice mientras salimos de la habitación.

Desde el pasillo, escucho a Ted agregar. «Es cierto de que tuvieron suerte de que las heridas de Madison fueran superficiales y que ni ella ni yo presentáramos una denuncia».

Cuando Chiara le responde, ya estamos demasiado lejos para que pueda escuchar lo que dice, pero una cosa es segura: su tono se ha suavizado considerablemente.

En silencio, tomamos el ascensor hasta la cafetería situada en la planta baja del hospital. Solo una vez frente a la máquina, cuando no había mucha gente a nuestro alrededor, Madison me pregunta, «¿Cómo estás?».

«No lo sé», contesto honestamente.

«Será mejor que se calmen rápido, porque entonces, será mi turno de apretarles las correas», dice, entregándome una taza de café. «Pero, pero…».

Me devano los sesos sin encontrar nada que pudiera haber hecho o dicho para molestarla.

«Pero, ¿qué? Pensé que tú y yo, aunque fuera reciente, era algo serio», me dice.

«Lo es», respondo.

«Entonces si estamos juntos lo compartimos todo. No solo los momentos geniales». Ella se detiene y me mira mientras la luz comienza a encenderse...

«Tienes razón, debería haberte dicho lo que estaba haciendo en lugar de dejarte en la oscuridad».

Ella niega con la cabeza y estoy perdido.

«No comprendo», digo.

«Si estamos juntos, cargamos cosas pesadas juntos, ¿de acuerdo?» me observa.

«¿Debería haberlo hecho contigo?», pregunto.

Esta vez ella asiente.

«Pero…», continúa.

«Pero, ¿qué? ¿Estás de acuerdo con Chiara en que solo los Bianchi tienen voz y voto en este asunto?» me cuestiona.

«No, eso no es lo que quise decir».

Madison me desafía con la mirada. Suspiro y luego termino mi café para tener tiempo de formular mi respuesta. Desde que llegué aquí me siento como si estuviera sentado sobre un polvorín.

«Pensé que sería mejor que conocieras a mi familia en un mejor contexto», digo, tirando mi taza a la basura.

«¿Creías que me iban a asustar?», pregunta Madison, acercándose a mí.

«Admito que se me pasó por la cabeza», dije tomándola en mis brazos. «Pero debería haberme dado cuenta de que no le tienes miedo a nada. Es solo que…».

«¿Que qué?», ella me susurra al oído.

«Que soy un macho italiano, me vi más en el papel del sirviente caballero que acude en ayuda de su princesa…».

«¡Ya has hecho eso!». Hoy me tocó a mí mostrarte que tu princesa también sabe luchar por ti».

37

MADISON

Unas semanas más tarde

Estoy sentada en el sofá de Andrea, mirando fijamente el sobre que está en la mesa de café. Siento tanto la necesidad irreprimible de leer su contenido, como el deseo de que desaparezca. ¿Y si fueran malas noticias?

Miro el reloj de la cocina. Andrea llegará pronto a casa. Iba a reunirse nuevamente en la comisaría para tomarle declaración sobre el asunto Livingstone y la muerte del peluquero. A mí me interrogaron ayer.

Hasta la fecha, Scott Livingstone ha asumido toda la responsabilidad por el accidente. También dijo que fue solo a la peluquería para sorprenderlo y hacerlo hablar. Cuando Andrea me explicó esta versión, inmediatamente expresé mis dudas. ¿Cómo habría logrado Scott dominar al peluquero y atarlo, sin la ayuda de nadie? Además, ¿no había oído a Brian anunciar que el asunto había terminado? Cuando le conté mis preguntas, Andrea me sonrió. "En algunos casos, quizá haya que hacer la vista gorda ante ciertos detalles, ¿no crees?", me dijo tomándome en sus brazos.

Fue entonces cuando lo comprendí. Al asumir toda la responsabilidad de los hechos, Scott protegió el futuro de Brian y el de Eva. Limpia el nombre de su mejor amigo, que estuvo dispuesto a ayudarle, aunque no estaba presente el día del accidente. También ayudó a la persona que ama, a salir de los problemas y le permite, si logra deshacerse de la influencia de sus padres, vivir su historia con Brian.

La verdad es que Andrea Bianchi es un gran romántico de corazón.

Y eso es lo que descubro cada día un poquito más.

Cuando las cosas se calmaron entre Andrea y sus hermanas y nos tranquilizó la salud de su madre, finalmente tuvimos esta necesaria conversación. Le confesé mi miedo de verlo cambiar de opinión acerca de mí, y él me explicó sus temores de apresurarme después de lo que había vivido durante mi secuestro. De mutuo acuerdo, decidimos tomar las cosas como vienen, pero ir poco a poco. Eso no nos impide hacer planes para el futuro, pero Andrea quiere hacer las cosas bien. Me encanta el lado anticuado que puede tener a veces. Durante las últimas semanas hemos tenido una serie de citas románticas. Desde picnics en la playa a la luz de las velas hasta viajes en coche por el interior del país, él hace todo lo posible por satisfacerme, pero estos días o noches generalmente terminan con besos, ciertamente apasionados, pero nada más que pueda socavar la moralidad. Excepto que paso casi todas mis noches en su cama, en el hueco de sus brazos.

Sí, Andrea Bianchi es un caballero.

También debe estar sufriendo un caso grave de frustración sexual. Ciertamente, yo también.

Entonces, ahora que el caso Livingstone está cerrado para nosotros, que su madre ha regresado a casa y que Lucia se ha incorporado a un instituto en el que está haciendo enormes progresos, imaginaba que esta noche podría ser la gran noche.

Todo eso hasta que el conserje me trajo este famoso sobre, y el miedo me asaltó.

Oigo la llave en la cerradura y al segundo siguiente me levanto para saludar a Andrea. Entra, parece cansado, pero cuando sus ojos se encuentran con los míos, sonríe. Este simple gesto tiene el efecto de calentar todo mi ser.

«Hola», dice con su hermosa voz de bajo.

«Hola».

Se acerca, me rodea la cintura con el brazo y me da un beso en los labios.

«Llevo todo el día esperando este momento», me confiesa.

Respondo con una sonrisa, pero no debo ser lo suficientemente convincente, porque me pregunta, «¿Cómo estás? ¿No tienes buen aspecto?».

Sin querer, mis ojos se dirigen hacia el sobre por un momento y Andrea gira la cabeza.

«¡Oh! ¿Eso es lo que pienso?».

«Sí».

«Y, ¿entonces? ¿No lo has abierto?».

Sacudo la cabeza.

«¿Quieres que lo hagamos juntos?».

«Creo que sí».

Agarra el sobre y está a punto de abrirlo, pero lo detengo.

«¡Espera! ¿Qué hacemos si es negativo?».

Coloca su palma en mi mejilla, obligándome a mirarlo a los ojos.

«Madison, has estado a mi lado estas últimas semanas.

Me ayudaste a enfrentar a mis furiosas hermanas, me apoyaste en mi elección de ingresar a Lucia a una institución, fuiste mi roca, así que lo que contenga este sobre lo viviremos juntos. Si es positivo, estaré ahí para apoyarte, para ayudarte cuando sea necesario, para ir a buscarte Frappuccinos cuando estés demasiado ocupada. Si es negativo, te ayudaré a volver a realizar el examen de ingreso el próximo año o pensaremos juntos en otra forma de hacer algo que te guste. Pero, de todos modos, hacemos esto juntos, ¿de acuerdo?».

«De acuerdo».

Andrea abre lo que oculta la respuesta de la escuela a la que postulé. Mi corazón se acelera. Saca una carta sencilla y comienza a leer.

«¿Entonces? ¿Qué dice?, pregunto ansiosamente.

«¿Pensé que no querías saberlo?», él se burla de mí.

Le arrebato el papel de las manos, pero al ver su sonrisa ya tengo mi respuesta. Hojeo las pocas líneas de bla, bla, bla, hasta que me llama la atención una palabra resaltada: **Admitida.**

«¡Ay carajo! ¡No es cierto! ¡He sido aceptada! ¡Voy a convertirme en detective!».

Miro a mi guapo moreno que se echa a reír. Sin perder un segundo, envuelvo mis brazos alrededor de su cuello y rodeo su cintura con mis piernas, antes de que mi boca se derrita en la suya. Un poco sorprendido, se tambalea y luego coloca sus palmas sobre mis nalgas mientras responde a mi beso. Muy rápidamente se prende fuego, así que cuando finalmente nos separamos para recuperar el aliento, le ordeno, «Andrea, llévame al dormitorio».

No necesita que se lo vuelva a pedir y avanza lo mejor que puede. El viaje está plagado de obstáculos y nos topamos con algunas paredes, lo que nos hace reír a ambos. Cuando finalmente llegamos a la habitación, me echa sobre la cama sin mucha delicadeza, tirando al suelo los objetos de su mesa de noche. Solo cuando se lleva la mano a la espalda lo entiendo.

«¡Oh! ¡Demonios! Me olvidé por completo de tus costillas».

«Está bien», sonrió, inclinándose sobre mí.

Echo un vistazo rápido a los marcos que hemos dejado caer para asegurarme de que no se hayan roto. De vez en cuando tendré que preguntarle quién es la rubia de la foto, pero ahora no es el momento. Y para ser honestos, se me escapa por completo de la cabeza cuando me encuentro de nuevo con la mirada color café del hombre a mi lado. Sus ojos son incandescentes, habría que estar ciego para no ver el deseo que lo consume.

«Por favor, Andrea, te deseo».

Estas palabras parecen ser la última autorización que esperaba de mí. Al segundo siguiente, sus manos están en mi cabello mientras me besa. Gimo, sintiendo que necesito su toque más que el aire.

Susurra mi nombre mientras sus labios se mueven hacia mi mejilla, mi cuello, mi garganta. Sus manos agarran mis caderas y se presiona contra mí un poco más. El fino algodón de mi vestido no me impide sentir su erección en mi muslo.

Mis dedos recorren su espalda, siento sus músculos moverse debajo de su camisa. Tengo el deseo, la necesidad de acariciar su piel desnuda. Entonces tomo uno de los botones y empiezo a desabrocharlo. Mis acciones son apresuradas y parecen ineficaces. Apenas he tocado el segundo botón cuando Andrea se levanta, se saca los faldones de la ropa fuera de los jeans y se la quita por la cabeza como si fuera una camiseta. Luego se levanta completamente de la cama para desabrocharse el cinturón y el cierre del pantalón que también desaparece con sus calcetines y zapatos. Por mi parte, me levanto sobre mis codos y admiro el espectáculo que me ofrece Andrea.

«¿Te gusta lo que ves?», él ríe.

Esta frase se ha convertido en una broma entre nosotros, pero de repente ya no tengo ánimos para reírme de ello. No, está ocupado imaginando cómo podré aprovecharme de este magnífico ejemplar macho que está a punto de hacer el amor conmigo.

Porque sí, aunque aún no se hayan pronunciado las palabras, lo cierto es que lo que sucederá entre nosotros en los próximos minutos no es un placer efímero. Será algo intenso, apasionado. Un paso más en una relación con bases sólidas, una relación donde ambos estamos en igualdad de condiciones, apoyándonos mutuamente. Amándonos.

Andrea ahora se está quitando los bóxers y mi corazón se acelera. Está completamente desnudo, yo todavía sigo completamente vestida, pero tengo la impresión de que este estado cambiará rápidamente.

Se arrodilla en la cama y su mano ya está subiendo sigilosamente por mi pierna, por mi muslo y luego se desliza debajo de la tela de mi vestido.

Antes de que sus dedos puedan avanzar más, me siento y luego tiro de mi blusa para deshacerme de ella. Al instante, la mirada de Andrea se dirige a mis pechos expuestos pero contenidos en mi sujetador de satén. Sus ojos parecen iluminarse.

«¿Te gusta lo que ves?», le digo.

Él me devuelve la sonrisa y luego toma mi cara para besarme. Mi mano se apoya en su erección y comienza a recorrerla a lo largo.

«Loco», sisea entre dientes.

Utiliza este apodo que me encanta tanto como me exaspera. El que significa que se preocupa por mí, pero lo vuelvo loco.

En los siguientes segundos, fue mi sostén y luego mis bragas las que desaparecieron. Los dedos de Andrea acarician suavemente mis pliegues antes de sumergirse con fervor. Nos quedamos así por un tiempo. Besándonos, acariciándonos, descubriendo poco a poco cómo darle al otro ese placer que nos ayudará a llegar al límite.

Luego, Andrea se sienta, con la espalda apoyada en la cabecera. Me pone encima de él, con mis rodillas a cada lado de sus caderas. Se acerca a la mesita de noche y abre el cajón mientras continúa besando mi pecho. Cuando saca un condón, se lo arrebato de las manos para romper el envoltorio.

«¿Tienes prisa?», él ríe.

«No tienes idea».

Me echa el pelo hacia atrás y fija su mirada en la mía.

«Oh sí. Pero no me arrepiento ni un segundo de haber esperado. Quiero recordar este momento por el resto de mi vida y es perfecto. Eres perfecta».

No puedo evitar responder a esta afirmación con un beso. Andrea se une con pasión.

Mientras unos instantes después cubro su erección con el condón, él me observa con una mirada que me hace sentir como si nadie en el mundo pudiera ser tan deseado y amado.

Me posiciono, Andrea coloca sus manos en mis caderas y me ayuda a deslizar suavemente su polla dentro de mí. Una vorágine de emociones me abruma. Quizás me embriaga el placer, pero nunca antes nada me había parecido tan obvio. No puedo contener mis palabras y declaro:

«Te amo, Andrea».

«Yo también te amo».

Y mientras avanzo y retrocedo lentamente, estoy segura de una cosa. Pase lo que pase en el futuro, el hombre que me tiene en sus brazos estará ahí para mí, igual que yo estaré ahí para él. Estaba sola, ahora somos dos. Un equipo formidable, dispuesto a afrontar la lotería de la vida.

EPÍLOGO

MAI LAN

Mai Lan

«¡Un brindis!», propone Ted, levantándose de su asiento.

El silencio cae alrededor de la mesa. Nuestro jefe nos mira uno a uno a los ojos.

Primero a James y a Steve que ya tienen sus copas en mano, listos para brindar por la salud de toda la tierra. Creo que entre los dos se bebieron más de una botella de Rosé de Provence. A su derecha, Andrea y Madison. Estos dos están tan enamorados que me sorprendo creyendo que es posible... y luego me recupero.

Nada resiste la prueba del tiempo.

Nada más que lazos de sangre y, a veces, incluso esos se rompen.

Y ahora me toca a mí ser objeto de su mirada penetrante. La mantengo preguntándome ¿qué ve cuando me observa?

Madison afirma que puede leer las almas.

Yo, sé que él no tiene ese poder.

Si lo tuviera, habría entendido por qué realmente elegí

venir a trabajar para él, y *Riviera Security* probablemente habría rescindido mi contrato antes de que finalizara mi período de prueba.

Sin embargo, una cosa es segura, Ted es un mago, dotado de una sorprendente facultad de análisis unida a una gran intuición. He aprendido mucho desde que me uní al equipo. Todavía no he encontrado lo que buscaba, pero ahora que la temporada ha terminado, no debería tardar mucho.

Ted le sonríe a Nathan que realmente no sabe qué actitud adoptar. Nuestro geek de servicio tiene dificultades para manejar las muestras de afecto.

Nathan es el hombre ideal si se trata de acceder a una base de datos o actualizar información oculta en algún lugar de Internet. Nos lo demostró cuando consiguió eliminar de un servidor, considerado a prueba de manipulaciones, el video que mostraba a Scott Livingstone huyendo del lugar del accidente que dio origen a mi primer caso en la agencia. Fue con este video que el peluquero intentó extorsionar a los amigos de Eva que estaban en su auto.

Este descubrimiento permitió a Nathan volver a dormir. La idea de que alguien hubiera logrado escapar de las grietas de la red de seguridad que había tejido para la propiedad de Livingstone lo enfermaba.

Nathan sigue siendo perfecto a la hora de realizar misiones de vigilancia. Es infinitamente paciente. Es esta paciencia la que también lo convierte en un tirador de élite. Una precisión como la suya nunca es fruto del azar.

Desafortunadamente para Nathan, el trabajo de detective implica mucho más que eso.

Ted ahora se dirige a la otra mitad de la mesa, aquella en la que están sentados los miembros de la agencia de Mónaco.

Hasta hoy nunca los había conocido. Ya había hablado

con el director de recursos humanos, así como con la persona que gestiona los pedidos de equipos, pero hasta ahora desconocía el tamaño de nuestra plantilla en la central.

De hecho, lo único que sabía era que el hermano de Madison, Ken, y su prometida, una ex oficial de policía, se unirían a Ted el próximo año.

En su mayor parte, se ven geniales, pero cualquiera puede verse genial para salir por la noche. Es viendo a la gente en el terreno que realmente sabes lo que tiene en el estómago, así que por el momento me reservo mi opinión.

«Los he reunido esta tarde para anunciarles que hemos tenido un año extraordinario y que todo el mérito les pertenece. Ahora que la temporada ha terminado y se preparan para sus vacaciones, pensé que les alegraría saber que he decidido otorgar una bonificación especial a todo el personal».

Esta declaración es recibida con comentarios de agradecimiento, mientras Ted la puntualiza con un guiño a Madison y una mirada dirigida a mí. Ambas respondemos asintiendo. Es genial incluir a la pasante y a la última incorporación en este reconocimiento. Pero eso no es sorprendente, si creo en las historias que cuentan mis colegas. A Ted Carter le gusta considerar a sus colegas como su propia familia. Para él, el espíritu de equipo no se limita a las horas de trabajo. Quizá porque su negocio parece ser toda su vida. A veces ni siquiera estoy segura de que se tome tiempo para dormir.

El jefe termina su breve discurso entre los aplausos de sus dos equipos y toma asiento en la cabecera de la mesa. Esta es la señal que esperaban los meseros para servirnos el postre.

Mientras saboreo el pastel de acelgas dulces, la especialidad del restaurante elegido por Ted, escucho distraídamente la conversación entre Nathan y su homólogo de la oficina de Mónaco. Discuten las ventajas de un nuevo sensor térmico que probaron en una joyería de la Croisette, en Cannes. Su entusiasmo por los aparatos electrónicos me hace querer sonreír. Nathan niega ser un geek, pero no conozco a nadie que sea tan bueno con una computadora como él.

Y es por eso que hice todo lo posible para agradarle. Si unirme a *Riviera Security* me interesó tanto es en gran parte gracias a él.

Estoy perdida en mis pensamientos cuando de repente Nathan pone su mano sobre la mía.

Sorprendida, levanto la vista de mi plato para encontrarme con su mirada de ojos color ámbar. Se inclina hacia mí y como si acabara de leer mi mente, me susurra al oído:

«A partir del lunes, nos ponemos manos a la obra. Te prometo que lo encontraremos».

OTROS LIBROS DE TAMARA Y OLIVIA

Riviera Security :
    Escapada francesa - Tomo 1
    Fuga italiana - Tomo 2
    Giro en Saint Tropez - Tomo 3

OTROS LIBROS DE TAMARA

I love you, mon amour: Una historia de amor en la Provenza

Bay Village
Flechazo y malentendido
Diamante y mal karma
Mucho más que una fashion victim

OTROS LIBROS DE OLIVIA

Serie de los romances de los Motociclistas de los Tornados de Hierro

Frío como el hielo

Frío Ardiente

Fusión en frío

Ardiente persecución

Ardiente desastre

Blanco candente

Paseo agitado

Alerta de tornado

Aviso de tormenta

Advertencia de huracán

ACERCA DE TAMARA

Desde el éxito de su primera novela, "The Wedding Girl", auto publicada en 2015, Tamara Balliana no ha dejado de escribir comedias románticas, desarrollando a lo largo de sus historias un universo ligero y contemporáneo que atrae a sus lectores.

Sus libros han sido traducidos al español y al italiano.

Vive en el sur de Francia con su marido y sus tres hijas.

Le encanta recibir noticias de sus lectores, ¡no dudes en contactarla!

http://www.tamaraballiana.com
https://www.facebook.com/tamaraballiana/
https://www.instagram.com/tamaraballiana
tamara.balliana@gmail.com

Para conocer su último lanzamiento, puede unirse a su grupo de lectores
https://tamaraballiana.com/newsletter-espagnol/

http://www.tamaraballiana.com
https://www.facebook.com/tamaraballiana/
https://www.instagram.com/tamaraballiana
tamara.balliana@gmail.com

ACERCA DE OLIVIA

Olivia Rigal es una escritora de novelas de suspenso romántico, que ha sido autora de ventas de éxito de USA Today en seis ocasiones.

Olivia es nativa de Nueva York y ahora divide su tiempo entre Florida y Francia, aportando una rica experiencia personal a sus historias que abarcan todo, desde abogada licenciada en Nueva York y París, extensos viajes por el sudeste asiático, trabajar en un estudio de grabación en París y en el mercado de pulgas de Clignancourt, hasta ser administradora en una casa de subastas de fama mundial en Manhattan y, sí, también como peluquera de perros.

Estas experiencias confluyen en las novelas de suspenso romántico de Olivia. Si bien la mayoría de las historias que cuenta son independientes, los entrañables personajes aparecen y desaparecen, dando bienvenida a los lectores una y otra vez.

Para conocer su último lanzamiento o integrarse a su lista de ARC (copias avanzadas de lectura, por sus siglas en inglés), puede unirse a su grupo de lectores VIP:
https://oliviarigal.com/vipsbm/
Cuando no está escribiendo (o fungiendo como abogada), le encanta pasar el rato y conversar con los lectores, por lo general en Facebook. Puedes seguirla en:
http://www.OliviaRigal.com
https://www.instagram.com/oliviarigal/

Impresión por encargo
Depósito legal: decembre de 2023

www.ingramcontent.com/pod-product-compliance
Lightning Source LLC
Chambersburg PA
CBHW050505160726

48003CB00001B/164